しのぶ梅

着物始末暦

中島 要

時代小説文庫

角川春樹事務所

目次

着物始末暦
舞台地図
浅草
大川（隅田川）
両国橋
昌平橋
神田川
筋違御門
和泉橋
新シ橋
柳原通
浅草御門
●岩本町
一膳飯屋『だるまや』
●白壁町
余一の住まい
●大伝馬町
紙問屋『桐屋』
一石橋
日本橋
江戸橋
●日本橋通町
呉服太物問屋『大隅屋』
呉服橋

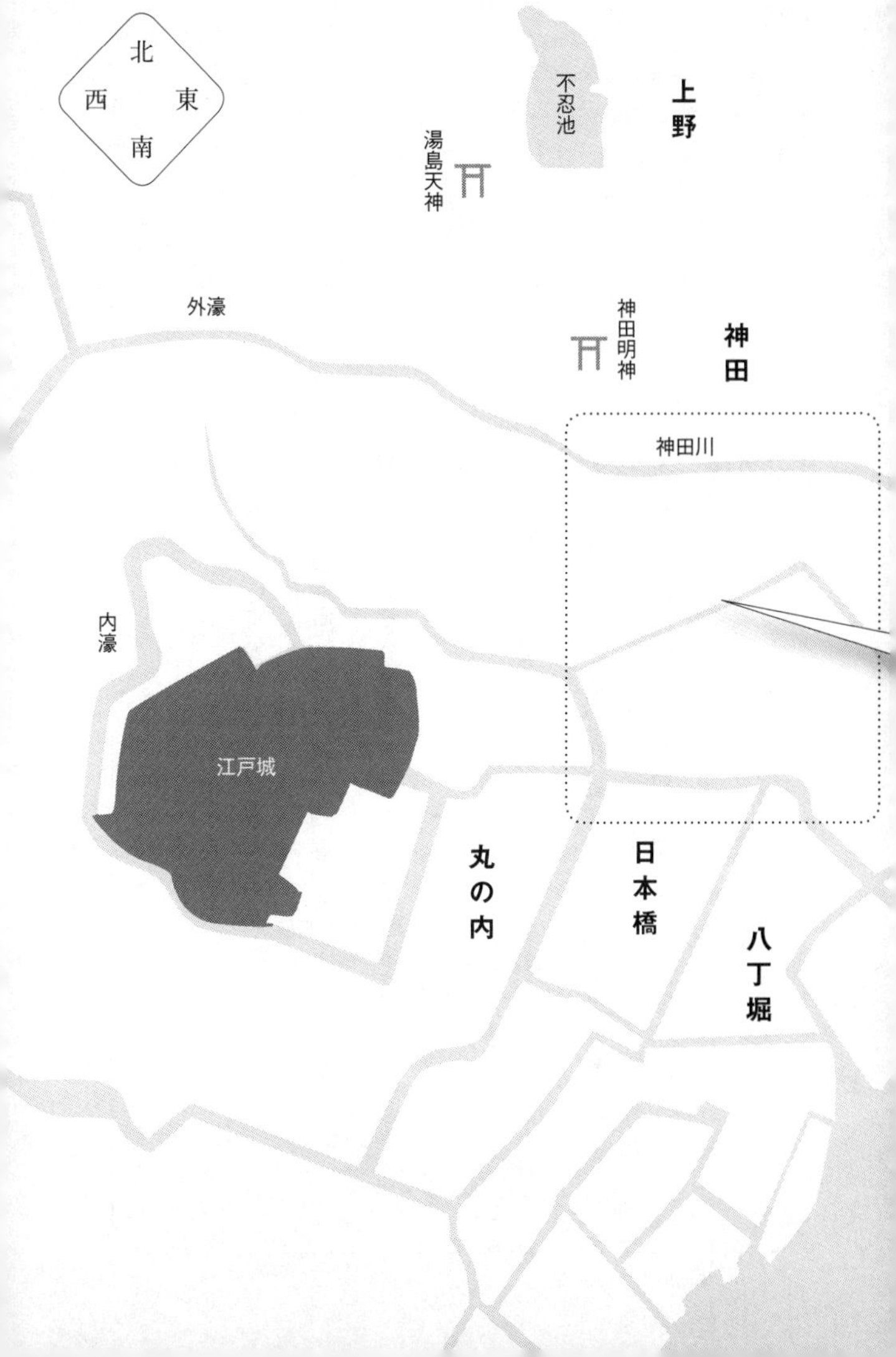
北
西
東
南
不忍池
上野
湯島天神
外濠
神田明神
神田
神田川
内濠
江戸城
丸の内
日本橋
八丁堀

主要登場人物一覧

余一《よいち》　神田白壁町できものの始末屋を営む。

綾太郎《あやたろう》　日本橋通町にある呉服太物問屋『大隅屋』の若旦那。

六助《ろくすけ》　柳原にある古着屋の店主。余一の古馴染みで、お調子者。

お糸《いと》　神田岩本町にある一膳飯屋『だるまや』の娘。

清八《せいはち》　一膳飯屋『だるまや』の主人。お糸の父親。

お玉《たま》　大伝馬町にある紙問屋『桐屋《きりや》』の娘。綾太郎の許嫁。

おみつ　お糸の幼馴染みで、『桐屋』の奉公人。

着物始末暦

しのぶ梅

めぐり咲き

一

男の憧《あこが》れ、吉原《よしわら》はとんでもなく金がかかる。

花魁《おいらん》の揚《あ》げ代《だい》と祝儀はもちろん、座敷を盛り上げようとすれば芸者や幇間《ほうかん》を呼ぶことになり、座敷にいる人が増えれば酒や料理も高くつく。格式を誇る大見世《おおみせ》だと、一晩で五十両が飛ぶこともざらだとか。

江戸町《えどちょう》二丁目の大見世、西海屋《さいかいや》の二階座敷──一生に一度は上がってみたいと誰もが願うその場所で、綾太郎《あやたろう》は幼馴染《おさななじ》みの平吉《へいきち》にひたすら愚痴をこぼしていた。

「という訳で、おとっつぁんときたらひどいんだよ。あたしはおまえと違って真面目《まじめ》に手伝いをしているのに、客が怒って帰ったくらいでくどくど文句を言うんだもの。おまえだってそう思うだろう」

「……そんなことを言うために、わざわざやって来たのかい。吉原ってのは、女に会いに来るところだよ。男を訪ねてどうすんのさ」

　せっかくの逢瀬《おうせ》を邪魔されて機嫌のいい男はいない。日頃穏やかな平吉も、さも嫌そうな声を出す。綾太郎は相手の嫌味をものともせず、「そうなんだよ」とうなずいた。

「どうにも納得がいかないから、店の手伝いもしないで吉原《なか》へ初買いに行ったきり、帰ってこない放蕩《ほうとう》息子に聞いてもらおうと思ってさ。そしたら、駕籠《かご》屋に酒代《さかて》を三朱《しゅ》も取られちまった」

　日本橋から吉原へは舟で行くのが手っ取り早いが、今はあいにく川風が冷たい。ならばと駕籠で来たところ、「正月だから」と祝儀をねだられ、一朱（一六分の一両）も余分に巻き上げられた。

　平吉が家にいてくれれば、無駄な金を出さずにすんだ――手前勝手なことを言えば、「八つ当たりは迷惑だよ」と白けた調子で返される。

「おまえが親に怒られたのと、あたしの遊びは関係ないだろ。こんなところまで愚痴だか説教だかわからない話をしに来やがって。いくら幼馴染みでも、遠慮がなさ過ぎやしないかい」

「だってさ。おまえは楽しくやっているのに、あたしはむしゃくしゃしているなんてくやしいじゃないか」

無茶苦茶な言い分であることは、綾太郎だってわかっている。が、聞いてくれる相手が他にいないのだから仕方がなかった。

「どうして、うちのおとっつぁんはあたしに厳しいのかなあ」

ため息交じりに呟《つぶや》くと、すぐさま答えが返ってきた。

「そりゃ、おまえがいつまでたっても子供だからさ」

「そんなことないよ。平吉よりよほどしっかりしているじゃないか」

年上風を吹かせられ、綾太郎は反論する。年はむこうが二つ上でも、こっちも二十二になった。馬鹿にするなと睨《にら》みつけたら、平吉がにやりと笑う。

「女を見るとき、顔よりきものに目がいくくせに。そういうところがまだ子供だって言ってんのさ」

大の男はきものの柄より、着ている中身に目が行くもんだ。自信たっぷりにうそぶかれ、綾太郎の頬《ほお》がふくらんだ。

平吉の家は日本橋通町《とおりちょう》の淡路《あわじ》堂《どう》という菓子司《かしどころ》で、綾太郎の家である呉服太物《ふともの》問屋大隅屋《おおすみや》のはす向かいにある。同業ではない大店《おおだな》同士は代々続く付き合いがあり、跡継ぎの平吉と綾太郎は、互いに寝小便の回数まで知り合っている間柄だ。

とはいえ、吉原にはまったたむこうと違って、自分は立派な跡継ぎである。子供の頃からきものに囲まれて育ったせいか、並みの手代《てだい》より色柄や織りにも詳しい。客の相談に乗ることも多く、「大隅屋の若旦那に見立ててもらった」と、得意げに吹聴《ふいちょう》する娘客も少なくない。

なのに、どうしてこのあたしが、叱《しか》られなければならないのか。

客に意見を聞かれたから、思ったことを言っただけだ。怒って帰るむこうのほうがどう考えてもおかしい。なおもしつこく言い募《つの》ったら、うんざり顔で遮《さえぎ》られた。

「さっきからしきりと納得できないって騒ぐけど、あたしはおじさんが怒るのも無理ないと思うよ」

聞き捨てならない一言に「どうしてさ」と目を尖《とが》らせる。平吉は動じる気配も見せずに話を続けた。

「頻繁《ひんぱん》にきものを誂《あつら》えてくれる御新造《ごしんぞ》さんに、『年甲斐《としがい》もない』なんて言う奴があるかい。客が怒って当たり前だろう」

「おまえはあたしの話を聞いていたのかい。三笠屋《みかさや》の御新造さんは四十過ぎの後家《ごけ》さんなんだ。そんな人が朱色に黒の格子《こうし》柄なんて、似合うはずがないじゃないか」

むきになって言い返したら、無言で肩をすくめられた。

書物問屋三笠屋の御新造は、亭主亡きあと店を切り回してきた評判のしっかり者なのだが、昨年の秋あたりから役者狂いを始めたらしい。それを裏付けするかのように誂えるきものが派手になり、昨日の初売りでは若い娘が着るような朱色の紬《つむぎ》を手に取った。

こちらとしては商売だから、売れるに越したことはない。綾太郎だって意見を求められなければ、何も言うつもりはなかった。

しかし、「若旦那、似合うかしら」と満面の笑みで聞かれたら、口が裂けても「はい」とは言えない。その派手なきものを着て「大隅屋の若旦那が似合うと言った」と触れ歩かれたら、自分の見る目が疑われる。力を込めて訴えたところ、「やっぱり子供だな」と笑われた。

「そもそも呉服屋なんてものは、女のきれいに見せたい、よく見せたいって気持ちに付け込む商売じゃないか。似合わない客には売らないなんて言っていたら、それこそ商売あがったりだ。そういうときは若く見えるとか、顔うつりがいいとか、適当なことを言っておけばいいんだよ」

「何言ってんだい。白粉《おしろい》でしわを隠した女が朱色のきものなんて着ていたら、若く見えるどころか、気がふれたかと思われるさ。おまえは御新造さんを知らないから、そういうことが言えるんだ」

「おまえも頭が固いねぇ。今はてんで似合わなくても、そのうち様になるかもしれない。女は化けるもんなんだぜ」

平吉はそう言って、自分の隣りに座っている花魁の肩に手を置いた。

「この八重垣《やえがき》だって越後の百姓の子として生まれ、口減《くちべ》らしで売られて来た。それがたった十年でこんな美女に様変わりだ。三笠屋の御新造さんだって、生まれ変わるかもしれないだろう」

「花魁と違って、御新造さんは四十過ぎだ。十年もたったら、死んじまうよ」

調子のいい幼馴染みに綾太郎はぴしゃりと言う。そして、獅嚙火鉢《しかみひばち》のむこうに座る花魁の顔をじっと見つめた。

昨夜から馴染み客と一緒に過ごしているからだろう。左右に張り出した横兵庫《よこひょうご》の髷《まげ》には簪《かんざし》が二本しか差されていない。赤い襦袢《ジュバン》の上から紫の綿入れをひっかけて、黒い繻子《しゅす》の帯を前で締めているだけの普段着に近い恰好《かっこう》である。

顔は紅《べに》しかつけていないが、さすがに目鼻立ちが整っていた。櫛簪《くし》で髪を飾って豪華な衣装を身につけたら、近寄りがたい美しさだろう。

玉は磨けば光るけれど、石を磨いても光らない。気の毒だが、三笠屋の御新造は磨いたところで無駄である。せめてもっと若ければ手のかけ甲斐もあっただろうが、あの年ではもう手遅れだ。

改めてそう思ったとき、ふと、女ときものは似ていると思った。

新品の美しいきものはもてはやされるが、ぱっとしない古着は売れ残る。八重垣の顔を眺めつつそんなことを思っていたら、花魁がはじめて口を開いた。

「そねぇにご覧になりんすな。わっちゃあ、しっぽや角を隠してはおりんせん」

いたずらっぽくささやかれ、うっかり赤面してしまう。すかさず平吉が「お安くないな」と口を挟んだ。

「こいつは大隅屋の跡取りだからな。うまく馴染みにしてしまえば、いくらでも打掛《うちかけ》を作ってくれるぞ」

「じょ、冗談じゃない。あたしはおまえと違うんだ」

丸め込まれてたまるかと綾太郎は慌てて言う。と、八重垣がうっすら微笑《ほほえ》んだ。

「安心しなんし。お代ならちゃんと払いんす」

「ってことは」

「わっちは若旦那の正直なところが気に入りんした。これからは大隅屋さんを贔屓《ひいき》にさせてもらいんす」

「花魁、そいつは本当かい」

八重垣がうなずくのを見たとたん、綾太郎は前のめりになっていた。

相手が若い美人だから、売り甲斐があるというのではない。いや、多少はそれもあるけれど、江戸の呉服の売り上げは、大奥と吉原がとび抜けているからだ。

ひとつ所に女が集まり互いに妍《けん》を競っていれば、贅《ぜい》を凝らした衣装が飛ぶように売れるに決まっている。ただし、大奥は御用商人しか出入りを許されていないため、手の届かない高嶺《たかね》の花だ。

けれど、吉原は違う。中の女は籠《かご》の鳥でも大門《おおもん》は広く開かれている。降って湧《わ》いた儲《もう》け話に「ありがたい」と頭を下げたら、あでやかな笑みを返された。

「素人衆《しろうと》のきものと違って、こっちは見た目が何より肝心。わっちが誰よりきれいに見えるとびっきりのを仕立てておくんなんし。ねぇ、ひら様」

我関《われ》せずと思っていたらいきなりお鉢を回されて、平吉の顔が青ざめる。

「それって、払いはあたしかい」

「わっちの生まれを勝手にばらした罰ざます。ぬしが嫌だとおっせぇすなら、他のお客に頼みんす」

そういえば、花魁が廓《くるわ》言葉を使うのは、故郷のなまりを隠すためだと聞いたことがある。どれほど見た目に磨きをかけても、話す言葉が鄙《ひな》びていたら、客は興ざめしてしまう。だから、幼いうちに連れて来て廓の中で育てるのだと。

花魁が平吉に己《おのれ》の生国《しょうごく》を教えたのは、「この人ならば」と思ったからだ。それをぺらぺら話されて、面白かろうはずがない。

つんと横を向かれてしまい、平吉はひとりうろたえている。「勉強するから」とささやくと、泣き笑いの顔をされた。

「まったく、持つべき友は正直な呉服屋の跡継ぎだよ。これを知ったら、おじさんも機嫌を直してくれるだろうさ」

どうやら観念したようで、やけくそ気味に言い放つ。調子に乗った綾太郎はさらに欲を出してしまった。

「ねぇ、花魁。あたしを見込んでくれたのなら、ぜひ唐橋《からはし》花魁にも引き合わせちゃくれないかい」

西海屋の最上位、呼び出しの唐橋は、人並み外れた容姿ゆえ「西海天女」の異名《いみよう》を持つ吉原一の売れっ子だ。加えて、どんな客の前でも笑ったことがないという。吉原雀《すずめ》の間では、「西海天女を最初に笑わせるのは、どこのどいつか」という賭《か》けさえ行われていた。

錦絵《にしきえ》でお馴染みの唐橋が大隅屋のきものを着てくれれば、花魁にあこがれる女たちが押しかけてくるに違いない。夢見心地の胸算用は平吉のため息に邪魔された。

「おまえって奴は本当に懲りないな」

「なんでさ」

「花魁に向かって『他の花魁に引き合わせろ』と頼む馬鹿があるかい。大隅屋に来た客が『ここにはたいしたものがないから、駿河《するが》町の越後屋を紹介しろ』と言うようなものじゃないか」

自分の失言に気が付いて横目でちらとうかがえば、八重垣はすました顔のまま長《なが》煙管《ギセル》をくわえていた。

「そりゃあねぇ。平昼三《ひらちゅうさん》のわっちより、唐橋さんと縁ができれば、店の位も上がりんしょう」

弧を描く唇が煙と一緒に毒を吐く。確かにさっきはそう思ったが、花魁に言われるとばつが悪い。

「むこうは吉原一の売れっ子ざんす。呼び出しに売るきものはあっても、わっちにはないということざますか」

「と、とんでもないっ。あたしは、その、あの……」

目を白黒させながらしどろもどろに弁解する。ややあって、八重垣は口元をかすかに緩めた。

「ほんにいじめ甲斐のあるお人だこと。けんど、商いに決まりごとがあるように、吉《な》原《か》には吉原《なか》のしきたりがありんす。どうで唐橋さんに会いたいのなら、茶屋を通してお頼みなんし」

　言葉は素っ気ないものの、どうやら怒っていないようだ。ほっと胸をなでおろしたら、思い出したように言い添えられた。

「もっとも、唐橋さんは売れっ子ざますから、いつになったら会えるものやら。西海天女に振られ続けて、わっちと馴染みになってしまったお人がそこにおりんすえ」

　矛先が急に変わってしまい、「何を言うんだ」と平吉が慌てる。

　どうやら幼馴染みは唐橋を狙《ねら》っていたらしい。それがどうして居続けをするほど八重垣と深間《ふかま》にはまったものか。

　詳しいところを聞きたかったが、今の平吉は大事な客だ。ここは黙って引いてやろうと綾太郎は腰を浮かせる。

「どうもお邪魔をいたしました。花魁、明日にでも反物《たんもの》をお持ちしますから」

　そう言って障子を閉めたとたん、「ちょいと遊んでお行きなせぇ」と男衆に引き留められる。それを振り切って表に出れば、八ツ（午後二時）を告げる浅草寺《せんそうじ》の鐘が聞こえてきた。

二

「いやはやすごい人出だね。これは懐中物に気を付けないと」

正月三日の浅草寺門前は黒山の人だかりだった。どうせ帰り道だからと足をのばした綾太郎は、思った以上の人混みにきものの前を手で押さえる。

この人数ではお詣《まい》りしてもご利益は望めないだろうが、行き交う人の装いを見物するのも一興だ。慌てて帰ることもないと周囲のきものに目をやった。

江戸っ子はみな地味好みで、普段は茶や鼠《ねずみ》に紺といった重たい色のきものが多い。だが、正月の晴れ着は別らしく、赤や黄色や浅葱《あさぎ》色といった鮮やかなきものがちらほら見える。

しかし、むこうの茶店の前にいる娘の恰好はいただけない。縦にも横にも大きな身体で桃色ってことはないだろう。桃色はふくらんで見えるから、白い顔の下にあると、まるで紅白の鏡餅《かがみもち》だ。脇に控える女中のように、紺に白の井桁《いげた》柄ならもう少し締まって見えたものを。

そばで煙管をくわえる男は、道楽者のなれの果てか。きものの下から紅絹《もみ》をのぞかせ、色男ぶるのは結構だが、上に着ている黒の羽織が遠目にもくたびれている。あれではいくら気取ったところで、女にもてないに決まっていた。

あれこれ思っている間に、どんどん前へ押し出されていく。賽銭《さいせん》箱が見える頃には、重みで押しつぶされないよう両足で踏ん張らねばならなかった。

どうにか両手を合わせてから、脇に逃れてひと息つく。さて帰ろうかと思ったとき、いきなり子供がぶつかってきた。

「おっと、ごめんよっ」

年に似合わぬ台詞《せりふ》を吐いて、そのままむこうは走り去る。近頃の子は生意気だと舌打ちしてからきものを見て――綾太郎は慌てて子供を追いかけた。

「こら、待てっ。待てと言っているだろう！」

「な、何だよ。おいら何にもしてねぇよ」

息を切らして追いつくなり、むんずとむこうの襟首《えりくび》を摑《つか》む。往生際の悪い相手を手加減せずに怒鳴りつけた。

「この染みはおまえだな。いったいどうしてくれるんだ」

　綾太郎のきものには、右の太腿《ふともも》あたりに団子のたれらしき汚れがついていた。指で示して睨んだら、子供は束の間《つかのま》きょとんとする。それから、すさまじい勢いで首を左右に何度も振った。

「おいらは団子なんか持ってねえって」

「逃げながら食っちまったんだろう」

「そんなことするもんか」

「だったら、どうして逃げたんだ。後ろ暗いところがなければ、逃げる必要はなかったはずだぞ」

　語気を変えずに言い返せば、相手の目がきょろきょろ動く。それ見たことかと思ったとき、後ろから声をかけられた。

「そいつぁ、怒るところが違っていやしねぇかい」

　振り返れば、紺のやたら縞《じま》（太さが不規則な縞柄）を着た背の高い男が立っていた。顔の色は浅黒く、嫌味なくらいに整っている。平吉が色白の優男《やさおとこ》なら、こっちは苦み走ったいい男というところか。

　さては、子供に同情して加勢しようというのだろう。ちょいと様子がいいからって、ずいぶん恰好をつけるじゃないか。通りすがりの二枚目を綾太郎は睨みつけた。

「横から口出ししないでおくれ。それとも、この子の知り合いかい」

「とんでもねぇ。おれには掏摸《すり》の知り合いなんざおりやせんよ」

その一言に仰天して子供の懐《ふところ》を探ったら、見覚えのある財布が出て来た。

「これはあたしのっ」

驚きの声を上げた刹那《せつな》、小さな掏摸に力一杯自分の足を踏みつけられる。痛みで衿《えり》を放したとたん、脱兎《だっと》のごとく駆け出した。

「ちくしょうっ、覚えてろよ」

果たして、その捨て台詞はどっちに向かって言われたものか。再度追いかける気になれず、綾太郎は立ちすくむ。

「あいつじゃないなら、どこのどいつが……このきものは正月用に誂えたものだったのに……」

言っても無駄だと知りながら、恨みがましい言葉が漏れた。

たとえ遊ぶつもりがなくとも、おかしな恰好で吉原《なか》には行けない。そう思って着てきたきものをこんなところで台無しにされるとは。何てこったとうなだれると、再び男の声がした。

「おめぇさんも変わったお人だ。こういうときは、財布が無事でよかったと喜ぶもんじゃありやせんかい」

「冗談じゃない。このきものがいくらすると思ってるんだ」

ちっともわかっていない相手に綾太郎は嚙《か》みついた。

着古しならばいざ知らず、これはおろしたてなのだ。さりとて、目立つ染みがついては二度と人前で着られない。きものにかかった代金を丸々損したことになる。

いっそ財布を掏《す》られても、きものが無傷のほうがよかった。唾《つば》を飛ばしてまくしてたら、相手の目つきが険しくなった。

「めったにお目にかかれねぇ極上の上田縞、しかも人気の藍《あい》色だ。並みの上田縞なら仕立てても入れて五両だが、それなら十両はしただろう。残念なことをしやしたねぇ」

どこか尖った口ぶりよりも、言われた中身に驚いた。

色柄が多彩な女物より、似たような見た目の男物はその良し悪《あ》しがわかりにくい。にもかかわらず、この男は正味の値段を言い当てた。

きものに通じているようだが、お店者《たなもの》には見えないし……染めか仕立ての職人だろうか。だったら、わかってくれるだろうと無念の思いを訴える。

「そう、そうなんだよ。おまけに上田縞は三裏《みつうら》縞と呼ばれるくらいしっかり織られたものなんだ。それがたった二度着ただけで、こんなふうになるなんて。あたしゃどうにもやりきれないよ」

信州上田縞は高級品として、また裏を三回取り替えて着られるほど丈夫なことで知られている。そこまで着る気はなかったけれど、さすがにこれはあんまりだろう。眉《まゆ》を下げた綾太郎に男はあっさり言い放った。

「この程度の汚れなら、洗えば元通りになりやすよ」

「適当な気休めを言わないでおくれ。これだけ派手に汚されて、元通りになるはずがない」

もちろん多少は落ちるだろうが、跡は絶対残ってしまう。吐き捨てるように言ったところ、「大丈夫でさぁ」と請け合われた。

「嘘《うそ》だと思うんなら、おれに預からせてくだせぇ。誰が見てもわからないようにきっちり仕上げてみせやすから」

力強い口ぶりに一瞬その気になりかけたが、すぐに疑いも浮かんで来た。

ただの通りすがりにしては、いささかお節介が過ぎないか。たとえ染み抜き職人でも、きちんと染みが落ちるかどうかはやってみないとわからない。腕に自信があったとしても、多少は言葉を濁すだろう。

だいたい染みができた直後に染み抜き職人に会うなんて、いささか話ができ過ぎている……。疑いの糸をたどるうち、目の前にいる人物がいかにも怪しく思えて来た。ひょっとしたら、この男はさっきの掏摸の仲間じゃないか。子供が捕まったのを見て、わざと「掏摸だ」と暴露して逃げ出す隙をつくってやる。そうしてこっちを信用させ、身ぐるみはがそうというのかも……。

でなければ、あんな子供が掏摸だなんてひと目で見抜けるはずがない。財布を掏られかけたせいで、綾太郎は疑心暗鬼になっていた。

「ご親切はありがたいけど、きものはたくさんあるんでね。これは諦《あきら》めることにするよ」

さっきまでとは打って変わって何でもないような声を出す。すると、相手の顔色が目に見えて変わった。

「諦めるってなぁ、どういうこってす」

「そんなのおまえさんには関係ないだろ」

急いで背を向けようとしたら、右の手首を摑まれた。すぐ振り切ろうとしたものの、困ったことにびくともしない。恐れで顔をこわばらせつつ、どうにか相手を睨み返す。

「な、何すんだい」

震える声を絞り出せば、男は咎《とが》めるように言う。

「さっきその口で言ったじゃねぇか。上田縞は三裏縞だと。それなのに、そいつはもう着ねぇというんですかい」

「あ、あたしが何を着ようと勝手じゃないか。呉服屋の跡取りが、汚れたきものを着られるもんかい」

そして、渾身《こんしん》の力で相手を振り払うと、綾太郎は一目散に駆け出した。

三

「おとっつぁん、聞いておくれよ。いい知らせがあるんだよ」

家に帰った綾太郎は、すぐさま別のきものに着替えて父の部屋に向かった。もちろん、西海屋の八重垣の件を報告するためである。

昨日は三笠屋の御新造を怒らせてしまったが、代わりに花魁を捕まえたのだ。きっと喜んでくれるだろうと勇んで事情を説明する。

だが、思いに反して父の表情は次第に険しくなっていき、最後は頭を抱えてしまった。

「まったく、おまえという奴は……どうして次から次へ面倒を起こすんだ」

思ってもみない言葉を聞いて、綾太郎は目を瞠《みは》る。

「面倒って何のことさ。西海屋の花魁がうちのお客になってくれるというんだよ。万々歳じゃないか」

西海屋は吉原でも知られた大見世で、八重垣はそこの売れっ子である。きものを誂えるとしたら、高価なものになるだろう。

加えて客に「大隅屋で誂えんした」と言ってもらえれば、何よりの宣伝になるはずだ。綾太郎の訴えに父は頭《かぶり》を振った。

「そして、淡路堂の若旦那から贈られたってことも人の口に上る訳だ。それを淡路堂さんが聞いたら、どう思う」

「どうって」

「淡路堂さんが平吉さんのことで頭を痛めていなさるのは、おまえだって承知だろう。長年親しくしてきたのに、弱みに付け込んで儲ける気かと恨まれかねんぞ」

うがった父の言葉を聞いて「誤解だよ」と慌てて言う。

自分が吉原に行ったのは平吉に会いたかったからで、商売をする気などさらさらなかった。きものの話になったのは、八重垣が自分を見込んだからだ。

ありのままを伝えても、父の表情は緩まなかった。

「たとえどんなつもりでも、おまえが吉原に行ったことで平吉さんは花魁にきものをねだられたんだろう。それは取りも直さず、おまえが売りつけたことになるんだ」

「そんなの言いがかりだよ」

「淡路堂さんだけじゃない。世間だって、大隅屋の跡継ぎは義理も遠慮もない、弱みに付け込む汚い奴だと思いかねん。おまえはこの大隅屋の看板に泥を塗るつもりか。商人は信用第一と常々言っているだろう」

一方的に責められ続け、綾太郎はふて腐れた。

危惧《きぐ》するところはわかったけれど、「おまえが悪い」と責められるのはどうにも合点がいかなかった。自分は店を思えばこそ、三笠屋の御新造に「似合わない」と言った。その正直な気性を見込んで、八重垣が「きものをつくりたい」と言ってくれただけではないか。

それが父に言わせると、全部駄目だということになる。真面目に手伝いをしているのに、どうして怒られるのだろう。

大店の跡継ぎの中には、家業そっちのけで遊び回る奴も少なくない。そういう連中に比べれば、自分はほめられて当然なのに。

——これを知ったら、おじさんも機嫌を直してくれるだろうさ。

平吉が花魁のきものをつくる気になったのも、自分を友と思うからだ。こんな小言を食らっているとは夢にも思っていないだろう。

「……だったら、平吉以外の客に金を払ってもらえばいい。花魁にそう頼めばいいじゃないか。それなら、淡路堂さんも世間も納得するんだろう」

「で、今度は平吉さんの顔を潰《つぶ》すのか」

気を取り直して言い返せば、ため息まじりに返された。あれも駄目、これも駄目では、こちらとしては打つ手がない。

「それなら、花魁に断るよ。いろいろ事情があって、きものは売れなくなりましたって手紙を書けばいいんだろう」

「そんなことをしたら、二度と吉原で商いができなくなるぞ」

「じゃあ、どうしろっていうのさっ」

たまりかねた綾太郎がついに大きな声を出す。すると、父親は腕を組み、険しい顔のまま言った。

「仕方ない。明日は手代を西海屋に行かせる。それなら、淡路堂さんから文句が出ても、言い訳のしようがあるからな」

「ちょっと待ってよ。花魁はあたしにきものを見立てて欲しいと言ったんだよ。手代じゃがっかりされちまうって」

顔色を変えて文句を言ったが、鼻の先で嗤《わら》われた。

「ああいう女はいつだって客から金を巻き上げる隙を狙っている。おまえが大隅屋の倅《せがれ》と知って、これ幸いと平吉さんにきものをねだっただけのことだ。それを自分の力だなんて、思い上がるのもたいがいにしろ」

一から十まで否定されて、頭のてっぺんに血が上った。むかっ腹をたてて部屋を出て行こうとしたら、「待ちなさい」と呼び止められた。

「おまえも暮れには嫁を取るんだろう。いつまでも青臭い理屈をこねまわしているんじゃないぞ」

大店の跡継ぎの常として、綾太郎には親の定めた許嫁《いいなずけ》がいる。それが当然と思っていたから黙って従ってきたけれど、今は素直にうなずけなかった。

「青臭い理屈ってどういうことさ。あたしは信用第一っていう大隅屋の家訓を守ろうとしているだけじゃないか。端《はし》から難くせをつけるのもたいがいにしておくれよ」

振り向きざまに言い返して、父の部屋を飛び出す。自分の部屋に駆け込んでから、下働きの女を呼んだ。

「きものが汚れたから、すぐに洗っておくれ」

「はい、若旦那」

そのとき、思いついて気になることを聞いてみた。

「今日、おっかさんから便りは来たかい」

「あいにく、あたしは存じません。旦那様か番頭《ばんとう》さんにお聞きになってください」

下働きはそっけなく言い、きものを抱えて出て行った。

廊下を歩く足音がすっかり聞こえなくなってから、綾太郎はやれやれと畳の上に寝転がる。天井をぼんやり見上げながら、両親のことを考えた。

去年の師走《しわす》に箱根へ湯治に出掛けた母は、むこうで足をくじいたらしい。「治り次第帰る」という文《ふみ》が届いているものの、その後は何の音沙汰《おとさた》もなかった。

ふつうは商家の御新造が家で年を越さないなど、考えられないことだろう。だいたい湯治といったって、療養ではなく遊山《ゆさん》旅だ。わざわざ師走に行くことはない。まったく、おっかさんにも困ったもんだ。ひと月近く見ていない母の顔を思い浮かべ、綾太郎は文句を言った。

母は大隅屋のひとり娘で、父は奉公人上がりの婿養子である。そのため、父は母に対してまるで頭が上がらなかった。取り立ててくれた亡き先代に感謝して、ひたすら商売に打ち込んでいる。

だから、自分に厳しいのかと以前は思っていた。跡取りが娘である場合、出来のいい婿を取ればいい。けれど、跡取り息子はそうもいかないから、先々店を守れるよう鍛えているに違いないと。

だが、近頃は——妻への恨みと、生まれながらの跡継ぎである息子に対する妬《ねた》みじゃないか——そう思うことがたびたびあった。淡路堂は今の当主が婿ではないから、平吉が呑気《のんき》に遊んでいられるのだろう。

綾太郎が不始末をしでかせば、非難の矛先は母よりも父に向く。そういう事情をわかっているから真面目にやってきたというのに、あんなことを言われてはさすがに空《むな》しくなってくる。

かといって、遊び歩いている母のほうが好きだとか、逆に恨みに思っているという訳でもなかった。綾太郎を産んだあと、役目は果たしたと言わんばかりに遊び回っている人ではあるが、家にいるときはいつも明るく朗《ほが》らかだ。おまけに衣装道楽で、数えきれないほどのきものを簞笥《たんす》の中に持っていた。

——きものは女の財産なの。だから、たくさん持っているほうがしあわせでしょう。

母はそう言って頻繁にきものを誂えた。それを身近で見ているうちに、自然ときものに詳しくなった。母が家にいないときも、簞笥には母のきものがあった。

その母が三十くらいのときだったと思う。めずらしく古着を前にして、肩を落としていたことがあった。

——どんなに高価なきものでも、こうなったらおしまいね。

それは幼い自分の目にも立派に見える打掛で、黒、赤、空色、萌葱《もえぎ》、白の五枚があった。ただし、どれも年代ものらしく生地がだいぶ弱っていて、ところどころ虫食いや染みの跡もついていた。

そんなものを母がどうして持っていたのか、綾太郎は知らない。いくら元の品が良くても、町人は打掛を着られない。いや、そもそも母は古着なんて着なかった。

「そういえば……あの打掛はどうなったんだろう」

思い出したら気になって、無人の母の部屋に入る。勝手知ったる押し入れをあさり、見覚えのある長持ちを奥のほうから引っ張り出した。

「高価なきものもこうなったらおしまい、か」

長持ちの蓋《ふた》を開けたとたん、独特の湿った匂《にお》いが漂う。一枚一枚その状態を確かめながら、母の言葉を呟いた。

黒地にしだれ桜が刺繡《ししゅう》された一枚は、舞い散る花びらが色褪《あ》せていた。

真っ赤な地に銀糸で大小の雪華《せっか》紋を縫い取ったものは、袖《そで》に虫食いの跡がある。空色の地に柳と白い鳥が描かれた一枚は、肝心の鳥に茶色の染みがついていた。萌葱色の地に金糸で唐草《からくさ》と牡丹《ぼたん》を織り出したものは、裾《すそ》や尻の生地が薄くなっているし、秋の草花を描いた友禅染めは地の白にまだらな染みがあった。

今では見る影もないけれど、元は見事な品々である。新品のときなら、一枚百両は下らないだろう。

けれども、それほど高価な品もいつかは顧《かえり》みられなくなる。どのくらい古いものか知らないが、数十年袖を通されたことはなさそうだ。

——きものは女の財産なの。だから、たくさん持っているほうがしあわせでしょう。

これを誂えたであろう高貴な御方もそう思っていたのだろうか。

確かにそうかもしれないけれど、この財産には寿命がある。金や銀や玉と違って、時とともに衰える。そして、美しければ美しいほど、衰えたときに哀れを誘う。

やっぱり、女ときものは似ている。

綾太郎はそう思い、黒い打掛を何度か撫《な》でた。

四

翌日の昼過ぎ、綾太郎は行先を告げずに家を出た。

正月気分で浮き立つような通町を北に進み、日本橋を渡って駿河町へ。越後屋の変わらぬ繁盛ぶりを横目で眺め、今川橋を通り過ぎ、気が付くと筋違《すじかい》御門前の八辻原《やつじがはら》まで来ていた。

八辻原は火除《ひよ》け地で、大道芸人や露天商が大きな声を上げている。が、あいにく惹《ひ》かれるものがない。ひょいと右に顔を向けたら、柳原《やなぎわら》の土手にひしめく古着の床見世《とこみせ》が目に入った。

筋違御門から浅草御門の手前まで続く土手には、江戸でもっとも古着が集まる。そのため、古着の別名を「柳原もの」というくらいだ。

こういうところに置いてあるのは二束三文の安物だろうが、ひょっとしたら掘り出し物が眠っているかもしれない。店には戻りたくなかったし、暇潰しにはなるだろう。

綾太郎は土手に向かって歩き始めた。

「上方《かみがた》から来たばかりの古着があるよ。ちょいと見て行かないか」

「正月に縁起のいい柄のきものはどうだい」

こげ茶の唐桟《とうざん》を着ているせいか、そこかしこで呼び止められる。駄目になった上田縞の代わりにこれを着て来たのだが、いささか場違いだったかなと自分のきものの袖を見た。

唐桟は木綿《もめん》とはいえ舶来だから、絹の上田縞より値は高い。床見世の主人にすれば、よほどの上客に見えるのだろう。この際だとあちこちのぞいてみたけれど、目を引くような品は見つからなかった。

見世先にぶら下がっている端切《はぎ》れは陽《ひ》に焼けているし、奥に並んでいるきものは茶や鼠の木綿ばかり。若い娘が目を輝かせ大隅屋で見立てるような、色鮮やかで豪華な品はとんとお目にかかれない。

すっかり当てが外れた思いで和泉《いずみ》橋を過ぎたとき、素通りした見世の主人がわざわざ後を追って来た。

「若旦那、そう先を急がなくてもいいじゃありやせんか。うちには表に出してない飛び切りの品があるんですぜ」

腰をかがめた初老の男はわざとらしく揉《も》み手をする。うさんくさい相手の言葉に綾太郎は身構えた。

「どんな品があるんだい。あたしが欲しいのは、あっと驚くような豪勢なきものだよ」

「若旦那は運がいい。柳原の床見世で、あっと驚く逸品があるのは、うちの見世だけですぜ」

そして、相手の見世に連れ戻されて、古着の間に隠してあった風呂敷包みを差し出される。開いてみると——それは、黒地に金糸銀糸をふんだんに使った熨斗《のし》模様の振袖だった。光沢のある生地には細かな地模様が織り込まれ、ところどころ赤い鹿《か》の子絞りも施《ほどこ》されている。

これほどのきものを大隅屋で誂えたら、恐らく五十両は下らない。すばやく算盤《そろばん》をはじいたとき、脇から得意げな声がした。

「どうです、お気に召しやしたか」

「これをいったいどこから……まだいくらも袖を通してなさそうじゃないか」

かくも見事な逸品をみすぼらしい床見世に売るなんて、あまりにも不自然だ。きものの素性を突き止めるべく、綾太郎は主人に聞いた。

「どこの誰から手に入れたんだい。それを教えてもらえたら、このきものを買おうじゃないか」

「そいつは勘弁してくだせぇ。先様の恥になりやすんで」

その分値段は勉強しやすと言われても、うかつに手を出す気にはなれない。

「こういうところは、出所の怪しいものが多いそうじゃないか。決して口外はしないから、教えてくれないか」

「人聞きの悪いことを言わねぇでおくんなさい。出所の怪しいもんなんざ、うちは扱っておりやせんぜ」

「だったら、教えてくれたっていいだろう」

「それはできねぇと言ってるじゃねえか。買う気がねぇなら、さっさと行ってくれ」

しつこく聞かれていらだったのか、相手の口調が荒くなる。あくまで出所を言わない主人に疑いがいっそう強まった。

ひょっとしたら……これは盗品かもしれない。これほど見事な品だったら、しっかりした構えの古着屋か質屋に持ち込むはずだ。こんなところに持ち込んだって、買い叩かれるのは目に見えている。

わざわざ追って来たときから、どうも怪しいと思っていたんだ――綾太郎の疑いは確信に変わった。

「盗品の売買はお上の禁じるところだぞ」

脅すような口調で言えば、「冗談じゃねぇ」とむきになる。

「こっちゃあ、正直一途《いちず》の古着屋の親父《おやじ》でござんす。後ろ暗い品なんぞ、いっぺんだって扱ったこたぁねぇ」

「嘘をつくな。後ろ暗い品だから、目のつくところに出しておかないんだろう」

「しまってあるのは、きものを傷《いた》めねぇためだ。やばい品だからじゃねぇよ」

「それなら、その振袖をどうやって手に入れた。わざわざ高い金を支払って、分不相応なきものを仕入れるとは思えない。足のつきそうな盗品を値切りに値切って引き取ったんだろう」

頑として言い張れば、「因縁《いんねん》をつける気か」と歯を剝《む》いてすごまれた。内心すくみあがったが、気合で声を振り絞る。

「うちには懇意にしている町方の旦那もいなさるんだ。怪しいものを捨てておいちゃ、旦那に顔向けできないからね」

とっさに口走ったのは、半分以上はったりだった。むしろ、町方に関わったら「大隅屋の看板を汚した」と父が騒ぐに違いない。

だが、これも乗りかかった船というものだ。小言ばかりの父親に一泡吹かせてやれるなら、とことんやってやろうじゃないか。負けずに睨み返したところ、とうとう相手が下を向いた。

「いいきものを着ているから、見る目があるのかと思いきや……こんなすっとこどっこいに声をかけちまうなんて……俺も焼きが回ったぜ」

「あたしは大隅屋の跡取りだよ。すっとこどっこいとは何事だいっ」

怒った勢いで口走ると、驚くでもなく首を振られる。「大隅屋も大変だ」と嘆くように呟かれ、ますます頭に血が上った。

「だったら、一緒に番屋に行って白黒つけてもらおうじゃないか。自分は潔白だというのなら、まさか異存はないだろうね」

「異存どころか大損だ……わかりやした。そのきものの出所をお教えしやしょう」

古着屋の主人は疲れ切った表情で事の次第を語り出した。

「そいつは大水で流された物持ちの家にあったもんだ。一山いくらで引き取ったあと、知り合いの職人に洗わせたら、見事元通りになったんでさ」

「これが泥水に浸《つ》かったきものだって？　冗談だろう」

「今さら嘘をついてどうすんだい。まあ、最初《はな》にこれを見たときは俺も我が目を疑ったがな。奴に渡したときは、泥ばかりかかびまで生えたすごい有様だったしよ」

相手の砕けた口調より、言われた中身に驚いた。丈夫な木綿ものだって強くこすれば生地が傷む。縫いや鹿の子のあしらってある繊細な振袖をどうやってよみがえらせたものか。

「そんなことができるなんて、とても信じられないね」

「……そういうふうに思われるから、人には言いたくなかったんだよ」

主人はぶすりと呟いたが、それは恐らく建前《たてまえ》だろう。泥をかぶっていたのなら、タダ同然で仕入れたはずだ。客にはそれを隠したまま、高値で売る腹だったのだ。

しかし、この振袖が泥まみれだったとは、にわかに信じることができない。「本当に盗品じゃないのか」と念を押すと、「論より証拠だ。今からそいつに会わせてやる」と言い出した。

不安がないでもなかったが、ここで逃げ出す訳にもいかない。綾太郎はかすれる声で「わかった」と返事をした。

五

「おぉい、余一《よいち》ぃ。俺だ、六助《ろくすけ》だ」

神田白壁町の背の高い長屋の前で、古着屋の主人はそう呼ばわった。びくびくしながらついて来た綾太郎は、いきなりの大声に身をすくませる。

だが、肝心の相手は不在らしく、中から返事は聞こえない。

やはり、そんな職人は元からいないのではないか。責めるような目を向ければ、六助と名乗った主人が腰高障子を蹴《け》っ飛ばした。

「どうせいるのはわかってんだ。さっさと障子を開けやがれ」

柄の悪さに驚いていたら、ようやく戸が開いて背の高い男が現れる。その顔を見たとたん、綾太郎は声を上げた。

「お、おまえは昨日の」

「おや、誰かと思やぁ」

仏頂面で腰高障子を開けたのは、昨日掏摸を見破ったやたら縞の男である。その瞬間、綾太郎の頭の中ですべての事柄がつながった。

あの場できものの値を言いあてたのは、こいつが盗人《ぬすっと》だったからだ。盗みに入った先々で金目のものを頂戴《ちょうだい》するには、目が利かないと仕事にならない。そして、こいつが盗んだものをここにいる古着屋が売りさばいているのだろう。

とんだところに来てしまったと綾太郎は凍りつく。一方、六助は何事があったのかと目を丸くした。

「二人とも顔見知り……にしちゃあ、剣呑《けんのん》だな」

「当たり前だろっ。あたしは盗人の知り合いなんかいやしないよ」

とっさに口走ってから、慌てて両手で口を押さえる。正体がばれたと相手が知れば、襲いかかって来るかもしれない。二、三歩後ずさったとき、脇で間の抜けた声がした。

「おめぇ、いつの間に盗人なぞ始めたんだ」

「……そいつが勘違いしているだけさ」

どうやらこっちを甘く見て、二人でしらを切る気らしい。そうは問屋が卸さないと綾太郎は踏ん張った。

「何言ってんだい。余一とかいう男が盗んだものを、おまえさんが売りさばいているんだろう。でなきゃ、あんな振袖が床見世なんかにあるもんか。あたしの目は節穴じゃないんだよっ」

負けず嫌いが恐れに勝《まさ》り、はったと二人を睨みつける。相手の出方をうかがえば、ややあって六助が天を仰《あお》いだ。

「勘違いを解くつもりが、さらに誤解をされたんじゃ救いようがねぇ。余一、どうしたもんだろう」

芝居がかった六助と違い、余一はいたって平然としている。「おれはともかく、とっつぁんは何だってそうなった」と聞いてきた。

「さっきも言っていたじゃねぇか。こちらの若旦那様は、おめぇが始末した黒い熨斗模様の振袖を盗品だと決めつけていなさるのよ。泥をかぶったきものが元通りになるなんておかしいと言い張るから、おめぇのところに連れて来たのさ。まさか、おめぇが盗人と思われているなんて、こっちは知らねぇもんだからよ」

いささか愚痴めいた説明だったが、余一は事情がわかったらしい。「ああ、あれか」とうなずいて、綾太郎のほうを見た。

「おれは掏摸でも盗人でもねぇ。きものの始末をする職人だ。ここにいるとっつぁんも、一応まっとうな古着屋ですぜ」

「一応ってなぁ余計だろうが」

いかにも面白くなさそうに六助が横から口を挟む。

とはいえ、自ら「盗人だ」と名乗る奴はいない。たとえ相手が何と言おうと信じる気にはなれなかった。

だいたい「きものの始末をする職人」なんて、とんと聞いたことがない。こぶしを握って問い返せば、再び六助がしゃしゃり出る。

「平たく言やぁ、きものの何でも屋でござんすよ」

「何でも屋だって」

「へえ、染み抜き、洗い張り、縫い直しはもちろん、染め直しや仕立てまでやってのけやす。こいつの親方もいい腕で、いろいろ頼んだもんですよ」

こちらが聞いていないことまで調子に乗ってまくしたてる。そんな仕事があったのかと綾太郎は驚いた。

一枚のきものをつくるには、気が遠くなるような手間がかかる。糸をつむぐ。織る。染める――言葉にすれば簡単だが、着尺《きじゃく》（約一二メートル）の反物をつくり上げ、一枚のきものに仕立てるまでには、多くの人の手が必要だった。

おまけにきものは値が張るから、絶対にしくじりは許されない。特に、染めや縫いで失敗すると価値が半減するために、染めなら染め、縫いなら縫いと職人は一つのことだけ行うものだ。

何でもひとりでやった上に、腕がいいなんてあり得ない――言い返した綾太郎に六助が首を振る。

「ところがどっこい、こいつはやっちまうんですって。信じられねぇというのなら、若旦那がお持ちのきものを一枚預けてみてくだせぇ。見違えるようにきれいにしてお返ししやすよ」

勝手に話を進められ、余一は嫌な顔をした。

しかし、今さら文句を言っても間に合わないと思ったらしい。綾太郎に「あの上田縞はどうなりやした」と聞いて来た。

「あれは……染みが残ったけど」

下働きが洗ってみたが、思った通り跡は残った。とまどいを含むこちらの答えに余一はうなずく。

「だったら、おれが始末しやす。持ってきてくだせぇ」

「若旦那、そうしなせぇまし。そうすりゃ、納得するでしょう」

二人がかりで促され、綾太郎は考え込む。

疑いを解いた訳ではないが、見境なく乱暴を働く連中ではないようだ。余一は初めて会ったときも「自分だったらきれいにできる」と言っていたし、任せてみてもいいかもしれない。

新しいきものを汚したことをあの父に知られたら、またぞろ小言を食らうだろう。うまくいったら儲けもので、駄目でもたいした損にはなるまい。

「言っとくけど、信用した訳じゃないんだからね」

綾太郎はそう言い置いて、店に戻ってから下男にきものを届けさせた。

その十日後、手代が見覚えのある風呂敷包みを綾太郎のところへ運んで来た。

「若旦那に頼まれたものだと言って、若い男がこれを持ってまいりました」

そして、手間賃ももらわずに立ち去ったと知り、綾太郎は苦笑する。

思った通り、余一はきものを元通りにはできなかったらしい。だからこそ、手代に預けて帰ってしまったに違いなかった。

えらそうな口を利いたせいで、合わせる顔がないのだろう。そんなことを思いながら中のきものを改めて——綾太郎は何度も目を瞬《しばた》いた。

右の太腿あたりにあったこぶし大の染みが跡形もなく消えている。そんな馬鹿なと何度もひっくり返して見たが、かすかな名残も見当たらなかった。

まさか、同じきものとすり替えたんじゃ……一瞬、そんな考えすら頭の中をよぎったけれど、たとえ盗品だったとしても、同じ寸法のこれだけの品がそこいらにあるはずはない。

——嘘だと思うんなら、おれに預からせてくだせぇ。誰が見てもわからないようにきっちり仕上げてみせやすから。

あの黒い振袖といい、この上田縞といい、初対面で言われたことは口先だけではなかったようだ。

「いやはや、こいつは驚いた」

ひとりしみじみ呟いたとき、突如頭にひらめいた。

これほどの腕を古着直しに使うのはもったいない。そう気付いた綾太郎は急いで余一の長屋に向かった。

六

白壁町の余一の長屋は今日も静まり返っていて、綾太郎が声をかけても応《いら》えは返ってこなかった。

ひょっとしたら、まだ帰っていないのだろうか。束の間そう思ったが、前回来たときもなかなか戸が開かなかったことを思い出す。

「本当はいるんだろう。あたしだよ、大隅屋の綾太郎だ」

六助を見習って何度も呼んでみたところ、不機嫌そうに余一が中からのそりと出て来た。

「染みが残っていやしたか」

「とんでもない。跡形もなく消えていたよ。まったくたいした腕前だ」

笑顔で持ち上げてやったのに、相手はにこりともしない。「だったら、文句はねぇでしょう」と障子を閉められそうになり、慌てて相手の腕を押さえた。

「おまえさんもせっかちだね。人の話は最後まで聞くもんだよ」

「あいにく、こっちに話はねぇ」

「頼むから話を聞いておくれよ。悪い話じゃないんだから」

それからこれは手間賃だと包んだ金を差し出せば、愛想のない職人も追い返せなくなったようだ。いかにも渋々といった様子で敷居をまたがせてくれたものの、畳に上げてはもらえなかった。

「奥は仕事中で散らかっておりやす。話なら、ここでいいでしょう」

内心面白くなかったが、押しかけて来たのはこっちのほうだ。上がり框《がまち》に腰を下ろして相手の腕をほめ称《たた》えた。

「あの黒い振袖が泥だらけだったと言われたときは、とても信じられなかったが……確かに、おまえさんならできるだろう。勘違いしてすまなかったね」

「いえ」

「それで、普段はどういう仕事をしているんだい。あの古着屋の主人とは親しいようだけど、あそこの仕事じゃたいした稼ぎにならないだろう」

柳原の古着では、どんなに高いきものでも一分《ぶ》（四分の一両）としないに違いない。一方、大隅屋で誂えるきものは、最低でも一両はする。どちらの始末が金になるかは比べるまでもないことだ。

「高いきものが汚れちまったときくらい、がっかりすることはないからね。そいつを元通りにしてもらえれば、手間賃は惜しまないという客がうちにはたくさんいるんだよ」

そういう客のきものの始末をお願いしたいと、綾太郎は余一に言った。

「うちの客は気前がいいから、実入りはぐっとよくなるはずだ。それに、擦り切れるほど着古したものより、値の張る豪華なきもののほうがおまえさんだってやりがいがあるだろう」

石をせっせと磨いたところで、所詮《しょせん》石は石でしかない。磨けば光る玉を相手に今後は仕事をしたほうがいい。身を乗り出して勧めたが、余一は首を左右に振った。

「おれは今の仕事が気に入っている。放《ほう》っておいておくんなさい」

即座に断られ、綾太郎は呆気《あっけ》にとられた。

「おまえさん、気は確かなのかい。擦り切れたきものに手をかけたって、新品に戻ったりしないんだよ」

「着ていればこそ、擦り切れも汚れもするんでさ。新品に戻すつもりなんて、こっちは最初《はな》からありゃしねぇ。それに、おれは金持ちのきものを始末するのが嫌いなんだ」

思いもかけない相手の言葉に束の間絶句してしまう。

職人なら、誰よりきものの価値がわかるはずだ。安物のきものより、高価なきものに手をかけたいと思って当然ではないか。つっかえながらも尋ねれば、余一が大きなため息をつく。

「手の込んだきものはきれいだと思うし、つくった職人はえらいと思う。だが、そういうきものにことさら値打ちがあるとは思わねぇ」

「何だって」

「きものは着るからきものなんだ。着なけりゃただの布きれじゃねぇか。金に飽かせて何枚もきものを誂えた挙句、ろくすっぽ袖も通さねぇもんの染みを落として何になる。そんなもんより、洗い張りや染め直しをして着続けられたきもののほうが、はるかに値打ちがあるってもんだ」

強い調子で言われたが、相手の言わんとすることが正直よくわからなかった。着ても着なくても、きものはきものだ。それに初対面のとき、余一は自らきものの染みを落としてやると申し出た。

「おまえさん、言っていることとやっていることが違うんじゃないのかい」

相手の言葉の矛盾を突くと、むこうは気まずげに首筋を掻《か》く。

「ありゃあ、さすがにもったいないと思ったんでさ。けど、行きがかりでやるならともかく、進んで金持ちの仕事をしたいとは思わねぇ。手間を惜しむつもりはねぇが、箪笥の肥やしに手をかけるほど物好きじゃねぇんでね」

その言い方にかちんと来たのは、箪笥に納められたままの母のきものを思い出したからだろう。

「箪笥の肥やしとは聞き捨てならないね。きものは立派な財産だよ」

「なるほど。そういう考えだから、おめぇさんはきものの値段にこだわるのかい」

さらりと言い返されて、綾太郎はむっとした。金に困ったとき、質草になるのはきものや布団だ。値段を気にして何が悪いと開き直る。

「そうさ。値段ってのは、ものの良し悪しを表すもんだからね。ものが良ければ値が上がり、悪かったら値が下がる。あたしは商人の倅だもの。気になって当たり前だろう」

すると、「ものの値打ちってなぁ、いくらするかがすべてかよ」とうんざりしたように返された。

「おめぇさんはお古なぞ着たことはないだろうが、特に気に入って、繰り返し着たきものくらいあるだろう。そういうもんは、多少傷んでいようとも大事なきものじゃなかったのかい」

丈夫な紬の中には、何度も着て洗い張りを繰り返すことで着やすくなるものもある。新しいものや高価なものだけがいい訳ではないと余一は言った。

「第一、小判で身体を覆って道中することはできっこねぇ。いざというとき金になるかより、肝心なのは着られるかどうかだ。金の代わりに溜めこまれちゃ、きものが気の毒ってもんですぜ」

知った風な口ぶりが綾太郎の気持ちを逆なでした。ものには何でも釣り合いがある。高いきものを大事にするのは、当然のことではないか。

「気の毒ってこたぁないだろう。大事に扱われて、むしろしあわせじゃないか」

「何年も袖を通されないままゆるゆる腐れていくことが、果たしてしあわせですかねぇ」

嫌味たらしく返されて、とっさに奥歯を噛み締めた。

わざわざ仕事を頼みに来たのに、なんて失礼な奴だろう。このまま黙って引き下がっては、大隅屋の沽券《こけん》にもかかわるというものだ。

余一に目に物見せてやる何かいい知恵はないだろうか。思いを巡らしていたら、ふと母の言葉を思い出した。

――どんなに高価なきものでも、こうなったらおしまいね。

同時に着られなくなった五色の打掛を思い出し、綾太郎はほくそ笑む。

着てこそきものと言い張るのなら、あの打掛はどうなるのだ。虫が食った打掛なんて、もはや誰にも着られやしない。それでも箪笥の肥やしが駄目だというなら、着られるようにしてもらおう。

そして、さも恐れ入ったように頭を下げた。

「……あたしの負けだよ。おまえさんの言っていることはもっともだ。あたしの考えが足りなかったようだね」

それから顔を上げて、「でも」と続ける。

「うちにはその気の毒なきものってのがあるんだが、今のままじゃ着られやしない。ここはぜひおまえさんの手で始末をつけて、誰かに着て見せて欲しいんだ」

それさえ引き受けてもらえれば、他の仕事は持ち込まない。殊勝な顔つきで言ったところ、余一はまんまとひっかかった。

「わかりやした。お引き受けいたしやす」

「なら、明日にでも下男に持って来させる。よろしく頼むよ」

綾太郎はそう言って、そそくさと立ち上がる。表通りに出たところで、とうとう声をたてて笑ってしまった。

明日、古い打掛の山を見て、余一は何と思うだろう。きっと、じたばたした挙句、頭を下げに来るはずだ。

そのときは、「知った風な口を利いて申し訳ありません」と頭を下げさせてやろう。

綾太郎は自分の勝ちを確信していた。

にやにやしながら家に戻った二日後、母が箱根から戻って来た。勝手にきものを持ち出した綾太郎は慌てたが、当の本人は古い打掛のことなど覚えていないらしい。おまけに、三日も経《た》つと、「今度は谷中《やなか》の寮に行く」と言い出した。

「梅が散ったら、帰って来るから」

こともなげに言われてしまい、綾太郎はとまどった。数年前から、母が家に落ち着いたことはない。もしや、家に居たくないのだろうか。

そこで「梅見なら、みんなで行こう」と提案したが、首を横に振られてしまった。

「お店があるもの。そういう訳にはいかないでしょう。梅が見たかったら、おまえは好きなときにおいでなさい」

母はそう言って、再び家を出て行った。

そして、ひと月近くが過ぎた頃――古着屋の六助が大隅屋にやって来た。

「お預かりしていた打掛の始末ができやした。明日の七ツ半（午後五時）に、吉原までお越しくだせぇ」

七

二月に入ると、吉原は春めいた様子になる。言われた通り七ツ半に出向いた綾太郎は、仲ノ町で平吉と出くわした。

「おや、こんなところで会うなんて。ようやくおまえもきものの中身に興味を持つようになったんだね」

うれしそうな幼馴染みに「実は」と事情を打ち明ける。すると、心底呆れたような顔をされた。

「少しは大人になったのかと思えば。八重垣の打掛を手代まかせにしておいて、なに馬鹿なことをしているんだい」

「お、花魁のことは悪かったけど、むこうに売られた喧嘩なんだ。どっちの考えが正しいか、白黒つけてやらなくちゃおさまらないじゃないか」

呉服屋の跡取りがきもののことで馬鹿にされて、黙っていられるはずがない。むきになって言い返せば、平吉が「やれやれ」と肩をすくめた。

「そんな大げさな話かねぇ。きものなんてのは、金持ちと貧乏人じゃまるでものが違うんだもの。違う考えを持っていたってかまやしないじゃないか」

「それは相手に言っておくれよ」

放っておけとそっぽを向いたら、おかしそうに笑われた。

「それにしても、おまえみたいなきもの馬鹿が他にもいたなんてね。世間は広いんだか、狭いんだか」

「きもの馬鹿とはなんだい。あたしは呉服屋の跡取りだよ。そのきもののおかげで、おまんまが食べられるんだ。おまえだって、甘い菓子のおかげでこんなところに入り浸《びた》っていられるんじゃないか」

「だから、そうむきになるなって。しかし、そいつも考えたね。打掛を着せるなら、確かに吉原の花魁がお誂え向きだ」

幼馴染みは感心するが、吉原の女と言ったところで、ピンからキリまでいる。職人風情と顔なじみで古着を着ようという女は、揚げ代の安い小見世の女郎《じょろう》に決まっていた。

いくら古びていようとも、今回の打掛は高貴な方々が誂えたものと思われる。文字も書けない安女郎が着こなせるとは思えない。

女がきものに負けていたら、せいぜい大声で笑ってやろう。その上で、額《ひたい》を畳につけさせてやる。ひそかにこぶしを握り締めたら、平吉が横から聞いて来た。

「で、そのお披露目《ひろめ》はどこでやるんだい」

「柳屋《やなぎや》って引手《ひきて》茶屋の前で待っていろってさ」

吉原の目抜き通り、仲ノ町の両側には引手茶屋が並んでいる。まもなく夜見世が始まるため、人が多くなってきた。

「茶屋の前で待てってことは、大見世の花魁が着るのかな」

うきうきとした口ぶりに綾太郎は噴き出してしまう。

「なに馬鹿なことを言ってんだい。染み抜き職人が吉原《なか》の大見世と縁があってたまるもんか」

素上《すあ》がりできる中《ちゅう》見世や小見世と違い、大見世は引手茶屋を通さなくては上がることさえできない。

とはいえ、三十両からの金をどうやって工面するというのか。そんなところで遊べるのは、金のあり余っている大店の主人や大名、旗本に決まっていた。

「茶屋に上がって待つんじゃなく、前というのがみそなんだよ。さんざん気を持たせておいて、小見世に連れて行くんだろう」

「何だ、そういうことか」

「それにあたしが預けたのは、あちこち生地が弱っている古着なんだ。人並み以上に見栄を張る大見世の花魁が着てくれるはずないじゃないか」

力強く断言すれば、平吉もうなずく。

「そういえば、打掛は五枚あるんだろう。女を五人も用意できると思えないし、とっかえひっかえ着せるのかね」

「さあ。それは見てのお楽しみというところさ」

そのうち行灯《あんどん》に灯がともり、花魁道中が始まった。綾太郎も平吉もたちまち人混みに飲み込まれてしまう。

「さすがは西海天女様だ。こりゃまたすげぇ打掛だぜ」

「両脇の禿《かむろ》とお揃《そろ》いってのが、にくいじゃねぇか」

道中が近づいてくるにつれ、感嘆とも歓声ともつかない声も近づいてくる。と、隣りにいた平吉が急にそわそわし始めた。

「今日はついてるな、唐橋の道中が見られるなんて」

どうやら、幼馴染みはまだ未練があるらしい。「八重垣花魁に言いつけるぞ」と釘を刺したら、「友達甲斐のない奴だ」と恨みがましい目を向けられた。

吉原ではひとりの女と馴染みになると、他の女に手が出せない。浮気をしたことが敵娼《あいかた》にばれると、派手なこらしめが待っていた。

「そういうおまえこそ、魂を抜かれちまうんじゃないか」

「あたしはそれどころじゃないよ」

このあと勝負が控えていると言ったとき、かなり近くで歓声が上がった。

道中をする花魁は高さが五、六寸（約一五～一八センチ）もある黒塗りの下駄を履いて外八文字《はちもんじ》を踏むため、なかなか前へ進まない。それでも徐々に近づいてくれば、胸の高鳴りを覚えてしまう。

天下に名高い西海天女はいったいどんな女だろう。

先導する若い衆の箱提灯《ちょうちん》はすぐそばまで来ている。見逃してなるものかと慌てて人をかき分けて――綾太郎は固まった。

まさか、そんなはずはない。相手は吉原一の売れっ子だ。そんな女がよりにもよって、古着を仕立て直したものを人前に着てくるなんて。

いや、見物している誰ひとり、唐橋の着ている打掛が元は古着と気付いていない。自分だって、様変わりした姿にすぐにはわからなかったほどだ。

なぜなら、五枚の打掛が一枚になっていたのだから。

大柄の市松《いちまつ》模様に見えるそれは、五色の打掛を切り刻み、縫い合わせたものだった。赤地の雪、黒地の桜、空色の柳、白地の秋草――細かくされた四季の景色に唐草模様の萌葱が加わり、まるごと一年を表しているようだ。しかも付き添っている禿まで、同じ生地を組み合わせた揃いの振袖を着ているのだ。

呆然《ぼうぜん》としているこっちの様子に平吉もそれと察したらしい。「まさか、唐橋が着ているやつか」と血相を変えて詰め寄られた。

「そいつはただの職人だろ。そんな奴がどうして西海天女と知り合いなんだ」

あたしだって知るもんかと言い返してやりたくても、あいにく声が出て来ない。そうこうする間にも、ゆっくりゆっくり花魁道中は進んでいく。

確かにこれなら、傷んだところを除いて無駄なく使い切ることができる。

とはいえ、縫いや刺繍《ししゅう》がそこかしこにほどこされた打掛を五寸（約一五センチ）刻みにばらばらにするとは、夢にも思っていなかった。母に黙って持ち出したのに、何て言ったらいいものか。

間抜け面《づら》をさらしていたら、唐橋がかすかな笑みを口元に浮かべる。それに気付いた吉原雀が一斉に色めきたった。

「おい、見ねぇ。天女様が笑ったぜ」

「誰を見て笑ったんだ」

「この人混みだ。わかるもんかよ」

「これじゃ賭けはご破算だ」

あちこちから悲鳴のような声が上がったとたん、唐橋の微笑は霞《かすみ》のように消えていた。

「あぁ、もったいねぇ」

「だが、しばらく自慢の種になるぜ」

めったにない出来事に見物人はのぼせ上がる。行列が通り過ぎてからも、綾太郎は動くことができなかった。

そして、七ツ半どころか、暮れ六ツを小半刻（約三十分）も過ぎてから、ようやく余一が柳屋の前に現れた。待ちくたびれた平吉はとっくに八重垣のところへ行ってしまい、綾太郎はひとりだけだった。

「若旦那、いかがでしたか」

尋ねる相手の表情は自信に満ち、自分が勝負に負けるとはかけらも思っていないらしい。こっちが負けを認めずに「元に戻せ」と言い張ったら、いったいどうするつもりなのか。

とはいえ、よみがえった打掛が見事だったのは事実である。見物人もみな感心していたし、呉服屋の次期主人として、それは認めざるを得ない。

あえて黙っていると、余一がぺこりと頭を下げた。

「いろいろと勝手をしてすみません」

「……表地はともかく、裏はどうしたんだい」

「唐橋花魁が用意してくれやした」

「……あたしがへそを曲げて、元のきものに戻せと言ったら、どうするつもりさ」

「あれを見ても、そう言いやすかい」

どうしてこの男はこういう癪《しゃく》な言い方しかできないのだろう。少なからず腹は立ったが、あえて否定はしなかった。

「おまえさんが西海天女と顔見知りとは思わなかったよ」

「花魁衆にはよく仕事を頼まれやすから」

力の抜けた声を出せば、意外な答えが返ってくる。

酔った客が酒をこぼしたり、煙管の灰を落とされたり。果ては機嫌の悪い客に台のもの（仕出し料理）を投げつけられることもあるらしい。

「もちろん、お針は廓におりやすが、染み抜きはうまくねぇようで」

余一はそう言うが、吉原の周辺にだって染み抜きのできる職人はいるはずだ。わざわざ神田白壁町まできものを持って頼みに来るのは、その腕を見込んでのことだろう。それが何ともくやしくて、悪あがきを口にする。

「花魁のきものの始末をするなら、うちの仕事をしたっていいじゃないか。花魁だって、金もきものもたくさん持っているだろう」

話が違うと文句を言えば、「冗談じゃねえ」と笑われた。

「あの唐橋花魁ですら借金だらけの身の上でさ。それが籠の鳥の宿命ってもんです」

吉原に来た少女たちは、売られたときの代金を借金として背負っている。おまけに、食べるものから着るものまで、自分の稼ぎで賄《まかな》わなければならなかった。

「借金にはきっちり利息が付くし、衣装や櫛簪に金をかけない訳にはいかねぇ。みすぼらしい恰好をしていちゃ、客がつかなくなりやすからね」

「だけど、唐橋のような売れっ子なら客が何なりと貢《みつ》ぐだろう」

「売れれば売れた分だけ、余計に金が出て行くのが廓のしくみってもんですよ」

大名の側室顔負けの立派な花魁の座敷の調度は、客からの貢物だけで賄えるものではないらしい。また妹女郎の面倒も見なくてはならないため、衣装をたびたび手放すのだと余一は語った。

「昔の呼び出しは、一度袖を通したものを二度着ることはなかったと言いやす。今はそこまでじゃありやせんが、そう何べんも着られやしねぇ。紋日《もんび》には新しいきものを着なくちゃならねぇし、着なくなった打掛はさっさと売っちまうんでさぁ」

金持ちのきものとは訳が違うと言ってから、「そういや、あの黒い振袖が売れました」と付け加えた。

「何だって」

「唐橋花魁に見せたら、妹新造に着せたいと言われやして」

「さすがに継ぎはぎの古着で道中をする花魁だね。新造にも古着をあてがうのかい」

精一杯の嫌味を吐くと、余一は肩をすくめる。

「若旦那はどうでもまっさらな品がお好きらしいが……始末した打掛を唐橋花魁に着てもらったのは、どうしてだと思いやす」

「そりゃ、吉原一の売れっ子だからだろ」

あの美貌《びぼう》と威勢をもってすれば、多少きものに難があってもかすんでしまうに違いない。憎まれ口を叩いたら、「わかってねぇな」と笑われた。

「吉原一の売れっ子も、元をたどれば貧しさゆえに売られてきた子供にすぎねぇ。今の姿から、そういう昔を思い浮かべることができやすか」

問われて、すぐに答えることはできなかった。それが答えだと言わんばかりに、余一は話を続けた。

「田舎で生まれた貧しい子供が、江戸で一番の花魁になる。ところが、これで終わりじゃねぇ。金持ちに身請《みう》けされるか、年季明けまで勤め上げるか。いずれにしても、そのときまた違う姿になるんでさ」

身請けするのが大名ならば側室に、大店の主人ならば御新造さんか妾《めかけ》になる。それとも、年季を勤め上げ、惚れた男と所帯を持つか。唯一はっきりしているのは、金で身を売る暮らしから足を洗うということだ。

堅気《かたぎ》の町人の女房になれば、眉を落として地味な丸髷を結うことになる。横兵庫の髷に眉のある今の顔とは別人になる。

「ただしまっておいたって、女もきものも値打ちが下がる一方だ。せっかくこの世に生まれたからには、陽の目を見せてやらねぇと。ちょっとくらい傷がついても、どうってこたぁありやせん。いくらでも姿を変え、形を変え、生き直せるもんなんでさ」

唐橋にそう伝えたら、「裏地は自分が用意するから、着させて欲しい」と言われたそうだ。誇らしそうな余一を見て、綾太郎は母を思った。

──どんなに高価なきものでも、こうなったらおしまいね。

あのとき三十だった母は、暗い目をして打掛を見つめていた。もしかしたら……着られなくなった打掛に自分の姿を重ねていたのか。

跡取り息子の綾太郎はもっぱら乳母《うば》に育てられた。お嬢様だった母親は、どうやって赤ん坊を育てればいいか、わからなかったに違いない。

婿養子の父と奉公人は母に何も求めない代わり、何も教えようとはしなかった。

「好きに遊んでいてください」と態度で示され続けた結果、無為《むい》に年を取っていく身を持て余すようになったのか。ちっとも家に居つかないのも、するべきことがないからだろう。

綾太郎にしても、母に向かって駄々をこねた覚えはない。父の姿を見て、母に言ってはいけないのだと勝手に思い込んでいた。

だが、生まれ変わったこの打掛を母が目にしたら──いくつになっても変われるのだと思ってくれるかもしれない。

そこで、綾太郎は余一に言った。

「おまえさんの言い分は認めてやるよ。ただし、あの打掛は返しておくれ。あたしが頼んだのはきものの始末で、やるとは言っていないんだから」

「……また、簞笥の肥やしにする気ですかい」

不愉快そうに睨まれて、ほんの少し胸がすいた。全部やられっぱなしでは、いくら何でも悔しすぎる。

「あれはうちのおっかさんのものだからさ。本人の許しを得て、改めて西海天女に贈らせてもらうよ。だけど、その先はどうする気だい」

「どうって」

「あんな目立つ打掛じゃ、たびたび着ることはできないだろう。これだけ派手に披露目をしたんじゃ、他の花魁が着る訳にもいかないだろうし。ずいぶん手間をかけた割に、短い命だったねぇ」

最後の嫌味のつもりだったが、むこうは平気な顔をしている。

「女ときものはいくらでも形を変える。今、そう言ったじゃありやせんか」

「ってことは」

「花魁が袖を通さねぇなら、ちょっと奢《おご》って、幅広の帯にでもしてみやすか。それともいっそ、坊さんの袈裟《けさ》にしてみやしょうか。女の肌を知らねぇお人が元は唐橋の打掛と聞けば、泣いて喜ぶに違いねぇ」

とんでもないことをしれっと言われ、うっかり噴き出してしまった。

果たして、どういう育ちをしたら、こういう男になるものか。得体の知れない職人に強い興味を覚えてしまう。

今日は負けを認めるけど、いずれ思い知らせてやるさ。

にぎやかに清搔《すがが》きが鳴り響く中、綾太郎はそう決心した。

散り松葉

一

お糸《いと》は以前、裁縫が苦手だった。教えてくれる母親を十歳《とお》で失《な》くし、やもめになった父親は後添《のちぞ》えをもらわなかったからだ。

父の清八《せいはち》は「だるまや」という一膳飯屋《いちぜんめしや》をやっているので、並みの女より料理はうまい。炊事や掃除洗濯は人並みに教えてもらったが、針仕事ばかりは勝手が違っていたらしい。洗い張りや縫い直しは他人に頼んでやってもらい、日々のちょっとした繕《つくろ》いは粗い針目でごまかしていた。

そんな自分が頼まれて、針を動かしているなんて。襦袢《ジュバン》に半衿《はんえり》を縫いつけながら、お糸は何だかおかしくなった。

――半衿ってなぁ、どうしても内側にしわが寄る。そこのところを考えて縫ってやらなくちゃだめなんだ。

惚《ほ》れた男に言われたことを声ごと胸で繰り返す。それから、玉止めをして糸を切った。

「お待たせしました」

脇で待つ染弥《そめや》に声をかけると、くわえていた煙管《キセル》を盆に置いて振り向いた。

「いつも悪いわね。お糸ちゃんと知り合ってこっち、とんと自分でする気になれなくって」

ことさら神妙な口調で言われ、「どういたしまして」と頭を下げる。頼まれてしていることとはいえ、襦袢の半衿を付け替えるだけで高価な紅《べに》や白粉《おしろい》をもらっている。分不相応な手間賃にむしろこっちの気が引けた。

柳橋《やなぎばし》の染弥といえば「芸よし、顔よし、きっぷよし」で評判の芸者なのだそうだ。住んでいる米沢町の仕舞屋《しもたや》は、いつ来ても匂《にお》い袋のようないい香りがした。酒と醤油《しょうゆ》の匂いが染みただるまやとはまるで違う。

ふと奥の部屋に目をやれば、金糸の松葉が裾《すそ》に舞う黒い衣装が衣紋《えもん》竹にかけられていた。

「姐《ねえ》さん、今夜はあれを着るの」

言わずもがなの問いかけは、いつも彼女が着ているものとずいぶん様子が違ったからだ。染弥に限らず、界隈《かいわい》の芸者衆は唐桟《とうざん》のような渋いきものを好んで着る。裾模様の豪華なきものはついぞ見かけたことがなかった。

そういえば、白い半衿をつけてくれと頼まれたのも初めてだ。いつもは薄い水色をつけることが多いのに。

もう松飾りも取れたけれど、一月は特別なのかしら。お糸が首をひねっていたら、染弥は笑って手を振った。

「ちょっとした祝いごとがあるんでね。せっかく気張ろうてぇときに、衿がだらしなかったら艶消《つやけ》しだもの」

言われてすぐにうなずいたが、何となく腑《ふ》に落ちなかった。それというのも、肝心のきものがいささか古びて見えたからだ。

十八になったばかりのお糸に芸者の世界は馴染《なじ》みが薄い。

とはいえ、座敷に、まして祝いの席に、売れっ子芸者が古いきもので出るだろうか。浮かんだ疑問を今度は口には出さずにいたら、明るく話を変えられた。

「そういえば、お糸ちゃんと知り合ってからもう三月《みつき》になるのね。あのときは本当に助かったわ」

改めて頭を下げられて、「やめてよ、姐さん」と慌ててしまう。

あれは、去年の十月だった。急な雨を避けるため、お糸が駆け込んだ軒先には雨宿りの先客がいた。

藍染《あいぞ》めの毛万《けまん》二ツ割り（非常に細い縦縞《たてじま》）に塩瀬《しおぜ》の袱紗《ふくさ》帯を締め、振りからは赤い鹿《か》の子《こ》の襦袢がのぞく。金のかかった恰好《かっこう》を見れば、ひと目で粋筋《いきすじ》の人だとわかった。ややまなじりの上がった顔はいつも凜《りん》としているのだろう。だが、そのときは「困った」と大きく書いてあった。

恐らく宴席に向かう途中で急に降られたに違いない。濡《ぬ》れ鼠《ねずみ》の恰好では座敷に出られなくなるし、何よりせっかくのきものが台無しになる。

一方、こっちは何度も洗って色が褪《あ》せた木綿《もめん》のきものだ。うちまでそう遠くもないから、風邪《かぜ》をひくこともないだろう。雨足が衰えそうもないのを見て、お糸は襦袢ごときものの裾をたくし上げた。

――あの、ちょっと待っててください。あたしのうちはだるまやといって、すぐそこなんです。今、傘を取ってきますから。

言うが早いか飛び出して、びしょ濡れになりながら蛇《じゃ》の目《め》を片手に戻って来た。

このとき受けた親切が染弥はよほどうれしかったらしい。翌日、高価な菓子折りを手に傘を返しに来てくれた。その折、「お嬢さんは裁縫《おはり》がうまいんだねぇ」と、思ってもみないことを言われた。

——実は雨宿りをしている間、お嬢さんの衿元が気になってね。あたしは針が苦手だし、通いの小女《こおんな》は山出しだから、やることが何でも大ざっぱで。半衿ひとつまともにつけちゃくれないんです。

芸者は衿を大きく抜くから、その内側がよく見える。当然汚れも目立つため、頻繁《ひんぱん》に半衿を付け替えるのだという。

——けど、それがいちいち面倒でねぇ。昨日、お嬢さんの半衿を見て、うらやましくなっちまって。

恥ずかしそうに打ち明けられて、あの雨の中、そんな所を見ていたのかと呆《あき》れつつ、じわりじわりとうれしくなった。

見た目を気にする芸者から「裁縫がうまい」とほめられるなんて、夢にも思っていなかった。調子に乗って「こんなの簡単ですよ」と口走ったところ、はずみでこういうことになった。

「別にあたしは構わないけど、少しは裁縫ができたほうが姐さんだって便利でしょう。あたしだって昔は苦手だったし、姐さんは三味線《しゃみせん》が弾けるくらい手先が器用なんだもの。ちょっと練習すれば、すぐにうまくなりますって」

よかったら教えますよと続けたら、染弥は口の端を歪《ゆが》める。

「三味や踊りができるからって、器用だとは限らないよ。五つ、六つの時分から、棒を片手に仕込まれりゃ、嫌でもできるようになるさ」

吐き捨てるように言われてしまい、気まずい思いで口をつぐむ。と、気を取り直したように染弥が笑みを浮かべた。

「でも、お糸ちゃんはおっかさんがいないのにたいしたもんだ。前から聞こうと思っていたんだけど、誰に教わったんだい」

「あ、あたしは」

そう言っただけで、お糸は赤くなってしまう。あからさまなその変化を芸者が見逃すはずはない。

「おや、お安くないね。さては、針以外のこともお師匠さんに教わったらしい」

「あたしと余一さんはそんなんじゃっ」

うっかり口を滑らせたとたん、自分を見る目が三日月形に細められた。

「名前からしていい男だね。那須与一《なすのよいち》とおんなじだ」

「……そんなお百姓、知らないけど」

何気ない相槌《あいづち》を聞きとがめると、一呼吸置いて噴き出される。

「なすのよいち、と言ったたって、茄子《なす》を作っているんじゃないよ。その昔、扇の的を射落としたっていう弓のうまいお侍さ」

お糸はますます顔を赤らめ、笑い続ける染弥を睨《にら》んだ。

「どうせ、あたしはものを知りませんよ」

「女に半端な学があっても、何の役にも立ちゃしないさ。それにあたしのは客から聞いた受け売りだもの。お糸ちゃんみたいに料理ができたり、針が使えたりするほうがよっぽどいいって」

目尻の涙を拭きながらさらりと言い返される。それはそうかもしれないけれどと、お糸は渡した襦袢《ふ》を見た。

「だったら、そんなに笑わないでよ」

「ごめんよ、何だか止まらなくって……で、そのよいち、さんは、何をやっている人なんだい」

「きものの始末」

ここだけは自信をもって言えたのに、相手はきょとんと目を見開く。

「何だい、そりゃ」

「染み抜きやら、洗い張りやら――きものに関わることなら、何だってやってくれるのよ。余一さんに頼めば、どんなきものも見違えるくらいきれいになるんだから」

さらに力を込めて言うと、染弥は小さく首をかしげる。

「てぇことは、悉皆屋《しっかい》かい」

「違うわ。余一さんは職人よ。きものに関わるあれこれを全部ひとりでやっているの」

そう言われても恐らくぴんと来ないのだろう。芸者はあいまいにうなずいた。

普通の女は自分の手で洗い張りや縫い直しはするものの、染み抜きや染め直しとなると、さすがに素人《しろうと》の手に余る。そういう仕事をよろず請け負う店のことを、上方《かみがた》では「悉皆屋」と呼ぶらしい。

悉皆とは「ことごとく、すべて」という意味だから、「きもののことなら何でもやる」と言いたいのだろう。江戸でも紺屋《こんや》の軒先に「きものの悉皆 承《うけたまわ》ります」という木札がぶら下がっていたりする。

ただし、それらの店は受け取って、職人に仕事を回すだけだ。余一のようにすべて自ら行う者はほとんどいないに違いない。

染めなら染め、仕立てなら仕立てと、職人はひとつのことだけ手掛けるのが普通である。何でも自分でやるなんて、かえって半端に思われやすい。拍子抜けした表情を見て、お糸はむしろほっとした。

江戸にはいろんな職人がいるが、扱う仕事の中身によって稼ぎも世間の見る目も違う。古着に手を入れる職人なんて、金持ちを見慣れた染弥には男のうちに入るまい。そう思ったら、急に気持ちが楽になった。

「実は年が明けてから、一度も店に来てくれないの。仕事に入ると根《こん》を詰める人だから心配で」

ぽろりと本音《ほんね》を漏らしたところ、「ごちそうさま」とまた笑われる。

「だるまやの看板娘にそんな顔をさせるなんて。よほどいい男なんだろうね」

「姐さん、からかわないでよ。あたしとあの人は本当にそんな仲じゃないんだから」

むきになって言い返すのは照れ隠しではない。実際、余一は自分のことを何とも思っていないだろう。

「そりゃ、あたしは、余一さんのことを……でも、むこうは顔見知りとしか……」

「あんたみたいな器量よしの働きもんに思われて、よろめかないなんて変な奴だね。そいつは女嫌いなのかい」

「そんなことはないと思うけど」

「だったら、心に決めた女がいるのかねぇ」

縁起でもない当て推量にお糸の顔が自然とこわばる。

しかし、三年前からずっと余一を見ているが、それらしい女の影はない。しどろもどろに言い返したら、

「この際だ。なれそめから話してごらんよ」

身を乗り出して促され、引くに引けなくなってしまった。

二

「きっかけは、おっかさんの形見のきものなんです」

恥ずかしそうに語り出すと、急に染弥が真顔になる。真剣な様子に背中を押され、ぽつりぽつりと言葉をつむいだ。

三年前、十五になったばかりのお糸は春先の晴れた日に虫干しをしていた。そのとき、一番大事なきものに染みができているのを見つけた。

「きゃあっ」

「お糸、どうしたっ」

思わず悲鳴を上げたとたん、血相を変えた父親が狭い階段を駆け上がって来る。泣

きたい気分で事情を告げたら、「そんなことでガタガタ騒ぐな」と舌打ちして怒られた。

父にしてみれば、娘の悲鳴を耳にして、寿命の縮む思いをしたのだろう。だが、当時はそこまで気が回らなかった。

「そんなことくらいじゃないわ。あたしがおっかさんのきものを大事にしていたのは、おとっつぁんだって知ってたでしょうっ」

駄々をこねる子供のように大きな声で言い返す。そのとき染みが見つかったのは、たった一枚残っていた母の形見の品だったのだ。

病で亡くなった母のきものは、ほとんどが薬代に化けていた。そもそも飯屋の女房が持っているきものの数など知れている。一番値の張るいいものを残しておいてもらえただけで、よしとすべきとわきまえていた。

――このきものは、おとっつぁんと一緒になるときにこしらえてもらったものなんだよ。お糸はおっかさんに似ているから、大きくなったらきっと似合う。

そう言って笑った母親は、その日まで生きられないことをうすうす感じていたのだろうか。撫子《なでしこ》色の宝尽くしのきものは亡き母を思うよすがとなった。

だから、自分で虫干しをするようになってからは、毎回こっそり袖《そで》を通した。母は女にしては上背があり、丈も裄《ゆき》も並みより長い。あらゆるところが余ってしまい、人前で着られたものではなかった。

けれども、今年は背も伸びたし、身体も丸みを帯びてきた。もうそろそろ腰上げや肩上げをしなくても着られるのではなかろうか。期待に胸を弾ませて行李《こうり》から出してみたところ、このありさまだったのだ。

泣きたい思いでへたり込んでいたら、父に背中を叩《たた》かれた。

「そうがっかりするなって。おまえが嫁に行くときには、もっと立派なきものをこさえてやるから」

勝気な娘のしおれ具合に思うところがあったらしい。慰めるように言った後、父は階下に降りて行った。

こっちはきものが駄目になってがっかりしている訳じゃない。おっかさんの形見を台無しにした自分が許せないだけだ。おとっつぁんはあたしのことを何もわかっちゃいないんだからと、心の中で八つ当たりする。

母を失って、つらい思いをしてきたのはお糸だけではない。手のかかる娘を残された父のほうが、より苦労が多く、さびしい思いもしただろう。

二枚目とは言えないけれど、父は真面目《まじめ》な働き者で自分の店を持っている。母の四十九日がすむと、ちらほら後添いの話が舞い込むようになった。

——お糸ちゃんは女の子だから、男親ではこの先、行き届かないことも増えるだろう。おまえさんだってまだ若いし、何より店と子育てをひとりでできるもんじゃない。早いところ、いい人をもらったほうが娘のためにもなるってもんだ。

世話をしようという人たちは異口同音にそう言ったが、お糸は聞く耳を持たなかった。

——うちのことも店の手伝いもあたしがするっ。おっかさんを忘れて後添いなんかもらったら、おとっつぁんを許さないから。

力みかえってそう言い張り、仲人《なこうど》気取りの連中を片っ端から追い返した。

当時、近所に住む幼馴染みのおみつは継母《ままはは》にいじめられていた。後添いなんかもらったら、うちのおとっつぁんも変わってしまう。おっかさんだけでなく、おとっつぁんまで持って行かれてたまるものか。お糸は頑《かたく》なにそう思い込んでいたのである。

もっとも、どんなに背伸びをしても、十歳《とお》の子にやれることなどたかが知れている。そのしわ寄せが父に行っていたことを最近になって気が付いた。

人を雇うと金がかかるが、女房ならばかからない。加えてひとり寝のさびしさだって我慢しなくてすんだのに、父はわがままとも言える娘の望みを聞いてくれた。

だからこそ、母のきものを着た姿を一日も早く見せたかった。そして、「おっかさんの若い頃に生き写しだ」と父に喜んでもらうことが、お糸のひそかな夢だったのだ。あと一息でそれがかなうというときに肝心のきものを駄目にするなんて、抜けているにもほどがある。

やっぱり、あたしはおっかさんのようにはなれないのかしら。情けない気持ちで毎日きものを眺めていたら、

「この人は余一さんといって、染み抜きや繕いの名人なんだそうだ。おっかさんのきものがどうにかならねぇか、見てもらうといい」

気落ちした娘を見かねたらしく、父が若い男を連れて来た。「誰の紹介」と尋ねたところ、「古着屋の六さん」と言われて驚く。

「おとっつぁん、あんなうさんくさい人の知り合いなんか」

とっさに大声を出してしまい、「馬鹿」と頭を小突かれる。お糸はふくれっ面《つら》のまま若い男に顔を向けた。

いくら店の常連でも、六助の振る舞いはほめられたものではない。調子よく飲んでいる連中がいると、すかさず話に加わってお流れで腹を満たそうとする。おまけにツケはため放題で、いくら取り立てようとしてものらりくらりとかわされる。何より土

手の古着屋が腕のいい職人と知り合いだなんて思えなかった。

うっかり下手な人に頼むと、かえって染みが大きくなると人から聞いたことがある。大事なきものがそうなったら、泣くに泣けないではないか。ぴりぴりしているお糸の前でようやく男が口を開いた。

「とっつぁんのことはともかく、おれはいい加減な仕事なんざしやせんぜ」

にこりともしない相手の態度に見る目がいっそう厳しくなる。着ているものは洗いざらしの紺の縞で、継ぎこそ当たっていないものの、だいぶ年季が入っていた。

腕のいい職人は当然稼ぎがいいはずだから、もっといいものを着ているはずだ。疑いを解かずに見上げていたら、「まずは、そのきものを見せてくだせぇ」と仏頂面のむこうが言う。

そこで見せるだけだと断って、形見のきものを差し出したところ、

「このきものはしあわせもんだ。ずいぶん大事にしてもらって」

にわかに相手の機嫌がよくなり、いとおしそうにきものを撫《な》でる。たちまちお糸は真っ赤になって初対面の男に食って掛かった。

「何よ、そんな当てこすりを言わないで、はっきり言ったらいいじゃない。あたしの手入れが悪いから、きものに染みができたって！」

泣きそうになって叫んだら、余一は静かに首を振る。

「この染みはお嬢さんのせいじゃねぇ。一度でもきものに袖を通せば、身体の汗や脂の他に埃《ほこり》や汚れがくっつきやす。特に絹物はざぶざぶ洗う訳にいかねぇから、目には見えないそういったもんが糸の奥に染み込むんでさ。そいつが時間をかけて悪さをするのは、手入れが悪いということじゃねぇ。だが、安心しなせぇ。このくらいなら落ちやすから」

「……本当？」

「へぇ、話を聞いたときは染め直しをするしかねぇかと思ったんだが、これなら平気でしょう。おれに任せてもらえやすか」

きものを目にしたせいだろうか。余一は小娘を相手にしているとは思えないほど、丁寧な受け答えをしてくれる。その態度に納得して、お糸は任せる気になった。

それから、しばらくして――染みどころか、丸ごときれいになったきものがお糸の手元に戻って来た。まるで手妻《てづま》のような仕上がりに口を利けないでいたら、「こりゃ、てぇしたもんだなぁ」と父親が代わって感心する。

「俺たちのような貧乏人はそうそう新しいもんに手が出ねぇ。だが、こんなにきれいにしてもらえるなら、古着で十分な気になるぜ」

心底からの賞賛に余一はあっさり言った。

「こいつがきれいになったのは、お嬢さんの手入れのおかげです」

「どういうことだい」

「あの染みはごく最近できたんでしょう。大事なものだからと行李にしまいっぱなしでいると、どんどん染みが拡《ひろ》がって手を付けられなくなることも多い。お嬢さんがすぐに気付いたおかげで、染め直さなくてすんだんでさ」

淡々とした口ぶりにお糸の胸は熱くなった。母の形見のきものに寄せる思いをこの人はわかってくれた。

早くお礼を言わなくちゃ。おっかさんの形見をきれいにしてくれて、ありがとう。本当に感謝してますって。

心の中では焦っているのに、ちっとも声が出て来ない。なぜなら、改めて見た相手の顔が役者張りのいい男だと今頃になって気付いたからだ。

初めて会ったときは、きもののことが気になって顔をまともに見ていなかった。いや、見ていたのかもしれないが、疑いのほうが先に立ち、いいも悪いも感じなかった。

こんなことになるのなら、もっと丁寧な口を利いておけば……込み上げる後悔に心の中で地団駄を踏む。そして、礼を言うために何度も口を開きかけては、余一と目が合い、下を向く。

今まで、どんな男の前でもこんなふうにはならなかったのに。あたしはいったい、どうしたっていうんだろう。ひとりうろたえているうちに、手間賃をもらった職人は踵《きびす》を返して帰ろうとする。

気が付けば、お糸はその袖をぎゅっと右手で摑《つか》んでいた。

「まだ何か」

そっけないもの言いに、今までにない痛みが走った。

この人にとって、自分は染みのついた古着よりどうでもいいものなんだ。今度道ですれ違っても、覚えていないかもしれない。そう思ったら、痛みがさらに激しくなった。

あのとき感じた胸の痛みをお糸は今も覚えている。先の尖《とが》った細い棒で強く突かれたような気がした。

あたしのことを知ってほしい。あなたのことをもっと知りたい。このまま縁が切れるなんて絶対に嫌だ。胸にこみ上げたせつない思いは違う言葉で転がり出た。

「……あ、あたしに裁縫《おはり》を教えてくださいっ」

「何だって」

顔をしかめた相手に代わって、父が声を張り上げる。

「急に何を言い出しやがる。裁縫が習いてぇなら、女の師匠んとこへ行けばいいだろう。何も男に習わなくても」

「あたしはこの人に教わりたいの」

「嫁入り前の娘が若い男のところに通うなんて、冗談じゃねぇ」

父と娘で言い合っていたら、当の本人が困惑気味に口を挟む。

「なんでそんなことを思いついたのか知りやせんが……おれはきものの始末が稼業で、裁縫を教えたりする柄じゃねぇ。勘弁してくだせぇ」

その言葉に父は大きくうなずいたが、お糸はなおも食い下がった。

「お願いです。あたしはちゃんと裁縫を教わる前におっかさんが死んじまったから、自分じゃろくにできないんです。手の空いたときで構いません。ちょっとした縫物のコツを教えてもらえればいいんです」

「だが」

「きものは常日頃の手入れが肝心なんでしょう。あたしは洗い張りや縫い直しもできないし、きっとまた大事なきものに染みをこさえちまいます。一度教えてもらえたら、あたしちゃんとやりますから」

じっと目を見て懇願すれば、余一が大きなため息をつく。それを見ていた父親はさらに大きなため息をついた。

「言い出したら聞かねぇおめぇのこった。余一さん、すまねぇがこのはねっかえりに教えてやっちゃくれねぇかい」

「いいの、おとっつぁん」

笑みを浮かべて振り向けば、険しい顔で釘を刺された。

「ただし、習う場所はうちの二階だ。年頃の娘が若い男のところに通っているなんて言われたら、厄介だからな」

お糸親子の懇願に負け、余一は裁縫を教えに通ってくれた。基本の縫い方はもちろん、きものの扱いや洗濯のコツまで、あくまでもそっけなく教えてくれた。挙句、三月もたたないうちに「もう教えることはありやせん」と言われたのは、いいところを見せようとして頑張り過ぎたからなのか。

でも、その間に相手のことが少しはわかった。天涯孤独の身の上であること、育ての親は余一と同じようにきものの始末をしていたこと、古着屋の六助とは、長い付き合いのくされ縁であることなど。

口数は多いほうではなく、仕事は一切手を抜かない。金儲《かねもう》けに興味がなく、古着の始末をしていられれば、それで満足であるらしい。

そんな男のどこがいいのか、実はお糸もよくわからない。ただひとつ、この人なら一生信じてついていけると強く思った。

幼馴染みと結ばれた母のように、恋女房が亡くなっても後添いをもらわなかった父のように、そばにいられるだけでいいと初めて感じた相手だった。

だから、以前にもましてきものを大事にするようになった。余一が大事にしているものを粗末にしたら罰《ばち》が当たる。そう思って……。

気が付けば、ずいぶん長い打ち明け話になっていた。赤い顔のまま話し終えると、染弥がぎこちない笑みを浮かべる。

「なるほど。その余一さんてぇ人は、お糸ちゃんの初恋なんだね」

照れたようにうなずけば、「でも」と相手が話を続ける。

「あんただってもう十八だ。その気のない相手を思っていたって仕方がないんじゃないかねぇ」

ため息まじりに言われたのは、父にも言われていることだ。

――腕がいいのは認めるが、氏素性《うじ》のはっきりしねぇ野郎におめぇをやる気はねぇからな。

　裁縫を習い始めたときから、父は何度もそう言った。もっとも、近頃はむこうにその気がないと悟って、いくらか安心しているらしい。

「姐さんの言う通りかもしれないけど、あたしは好きでもない人と一緒になりたくないんだもの。あの人と所帯を持てないなら、一生ひとりだって構わないわ」

　覚悟をもって言い切ったら、なぜか染弥の目つきが変わった。

「でもねぇ……初恋ってのは、結ばれないのが相場らしいよ」

　それは初めて耳にする暗く沈んだ声だった。

三

　神田岩本町という場所柄ゆえか、だるまやには若い職人の客が多い。

「お糸ちゃん、今日のおすすめはなんだい」

「お糸ちゃん、今日は生卵をつけてくんな」

「お糸ちゃん、茶をもう一杯くれ」

　いくら狭い店の中でも、三方から同時に呼ばれて応《こた》えられるはずはない。それでも、お糸は要領よく客の声に返事をする。

「留さん、今日はいわしの煮つけと大根なますよ」

「吉っつぁんは生卵ね」

「八っつぁん、お茶はちょっと待って」

ここで返事をする順番や客の名前を間違えると、店の中がいっそう騒がしくなる。だが、何年も同じことをしていれば、口が勝手に動いてくれる。特に若い職人はせっかちな人が多いから、後から来た客の料理を先に出したりすれば、「おいらの分はどうなってんだ」と文句を言うに決まっていた。

あちらこちらに気を遣いつつ、食べ終わった膳を下げては、できた料理を客に運ぶ。昼飯どきが無事に過ぎてお糸がひと息ついたとき、古着屋の六助が「よぉ」と言って入って来た。

「半刻（約一時間）前ものぞいたんだが、座れるところがありゃしねぇ。飯屋の親父《おやじ》が持つべきものは、料理の腕より器量よしの娘だな」

「馬鹿なことを言わないでちょうだい。おすすめでいいの」

「おう」

客の返事が聞こえたらしく、奥で父が支度を始める。続いて「おめぇも今のうちに昼をすませちまいな」とお糸に言った。

「そりゃいい。だるまやの看板娘と差し向かいたぁ、ついてるな」

相変わらずの減らず口に無言で口を尖らせる。そして、六助に小声で聞いた。

「近頃、さっぱり余一さんを見ないけど、いったいどうしているの。具合が悪い訳じゃないんでしょう」

「奴ならまた面倒な仕事を請け負って、てんてこ舞いしているさ」

出されたお茶をぐびりと飲み、古着屋は大きな声を出す。お糸はしかめっ面をして
「もっと小声で話してよ」と文句を言った。

「おとっつぁんに聞かれたら、機嫌が悪くなるんだから」

「だったら、聞かなきゃいいだろうが」

にやにやしながら言い返されて、返す言葉に詰まってしまう。

「俺には、おとっつぁんの気持ちがよくわかるぜ。生まれも育ちもはっきりしねぇ馬の骨に、男手ひとつで育て上げた大事な娘を渡したくはねぇもんな」

余一とは誰より長い付き合いなのに、六助はそんなことばかり言う。あんたに言われたくないとお糸は頬《ほお》をふくらませた。

「その馬の骨にたかって、おまんまを食べているのはどこの誰よ」

ぶすりと言い返したら、「おいおい、ひどい言われようだな」と苦笑いされた。

「あたしは知ってんですからね。おじさんが捨て値のぼろばかり仕入れては、あれこれ始末をさせているって。しかも、その手間賃をろくに払っていないくせに、よくそんな口が叩けるわね」

あとはほどいて雑巾《ぞうきん》にするしかないようなぼろも、余一が手をかければ、着られるようになるものは多い。六助はそれを高く売って楽に稼いでいるというのに、感謝の念がかけらもない。

ここぞとばかりになじったが、相手はまるでこたえなかった。

「おいおい、そりゃ誤解だぜ。ほどいて端切《はぎ》れにするつもりでこっちが仕入れてきたもんを、手を入れればまだ着られるって奴が勝手にいじるのさ。頼んでもいねぇ仕事に手間賃てこたぁねぇだろう」

調子のいい屁理屈にお糸はますます腹を立てる。

「あの人の気性を見越して、わざとそう仕向けているくせに。長い付き合いだもの、端切れ一枚粗末にできない人だって、おじさんはわかっているんでしょう」

あくまで声の調子は上げず、鼻息荒く嚙《か》みついた。

商売柄という以上に、余一はきものを大事にする。その徹底ぶりはそこらのケチなぞ相手ではない。

――たとえ糸一本でも、人の手がかかっている。せっかくこの世に生まれたものを使い切ってやらなかったら、もったいねぇじゃねぇか。

裁縫を習っている間、繰り返しそう言われ続けた。

手間を惜しまず、ものを惜しめ。そうすれば、裁縫《おはり》もきものの扱いも自《おの》ずと上達するものだ。

はじめのうちはその言葉をつれないとしか思わなかったが、やっていくうちにその通りだと思えるようになった。面倒だ、楽をしたいと思うから、短い糸は捨てたくなるし、ぼろぼろの手ぬぐいはいっそ焚《た》き付けにしたくなる。そんなものでも手間さえ惜しまなければ、まだまだ使い道はある。

とはいえ、その気性に付け込んでただ働きをさせるなんて、ひとでなしのやることだ。六助を睨みつけていたら、「お糸、持ってけ」と父に呼ばれた。

「はい、どうぞ」

勢いよく料理を突きだしてから、向かい側で食べ始める。一緒に食べたくなどないが、余一のことは六助にしか聞けないのだ。六助も箸《はし》を手にしたものの、当ての外れた声を出した。

「何でぇ、いわしの煮つけかよ。近頃ケチっていやしねぇか」

お糸は「仕方ないでしょ」と言い返した。

「近頃、ツケを溜《た》める客が多いんだもの。払いのいい客ばっかりなら、仕入れがもっと楽になるのに」

当てつけるような口を利くと、慌てていわしに手を付ける。そして、「こりゃうめぇ」と声を上げる六助に呆れきった目を向けた。

「それで、その面倒な仕事はいつごろ終わるのよ」

「さて。寝る間も惜しんでやっているようだから、来月の頭には何とかなるんじゃないのかねぇ」

今度はなますをつっつきながら、呑気《のんき》な声が返ってくる。無論、お糸は聞き流すことなどできなかった。

「寝る間も惜しんでなんて、身体を壊すじゃない」

「奴もいっぱしの職人だ。お糸ちゃんが心配するこたぁねぇよ」

それはそうかもしれないが、頼まれなくても心配をしてしまうのが惚れた弱みというものだ。

「様子を見に行ったら、駄目かしら」

「やめとけ、やめとけ。おめぇのおとっつぁんがそいつを知ったら、出刃《でば》持って乗り込みかねねぇぜ。それでなくても、お糸ちゃんがなかなか嫁に行かねぇっていらいらしてんだから」

首をすくめて言われた言葉は残念ながら本当だった。

十八といえば、今すぐ嫁に行ってもおかしくない年である。幸か不幸か、お糸を嫁に欲しいという男は大勢いる。父からは「今年こそ嫁に行け」と正月早々言われていた。

「……やっぱり、望みはないのかしら」

口の中で呟《つぶや》いてから、箸で味噌汁《みそしる》をかきまわす。

三年も思いを寄せていれば、脈があるか否か、嫌でもわかる。たぶん、余一は女と所帯を持つ気などこれっぽっちもないのだろう。

「あいつぁ仕事のことしか頭にねぇ男だからな。まかり間違って所帯を持ったところで、女房子供を大事にするような手合いじゃねぇ。いい加減、諦《あきら》めちゃどうなんだい」

それはこっちもわかっているが、なまじ相手がひとり身なのでどうにも思い切ることができなかった。いっそ余一が他の誰かとくっついてくれれば、思い切れるかもしれないけれど……。

思い余った勢いで馬鹿なことを考えたとき、「こんにちは」と声がして、普段着の染弥が顔を出した。

「あら、姐さん。どうしたの」

箸をおいて立ち上がると、「お願いがあるんだよ」と切り出される。

「この間、きものに酒をこぼされてさ。放《ほ》っとくと染みになっちまうから、お糸ちゃんのいい人に仕事を頼みたくってね」

本来なら願ってもない申し出なのに、お糸の顔はこわばった。

余一の腕なら、絶対に染弥も気に入るはずだ。手間賃だってうんとはずんでくれるだろうし、これから先も贔屓《ひいき》にしてくれるに違いない。金にならない仕事ばかりしている男には何よりのお客様なのに、

「……あの……今は、厄介な仕事をしていて手が回らないようなんで……申し訳ないんですけど……」

とぎれとぎれに口から出たのは、手前勝手な断りだった。

今日の染弥は、鼠と紺の滝縞（太い縞から順に細い縞になっていくことの繰り返し）柄の綿入れを着て、七宝《しっぽう》柄の昼夜《ちゅうや》帯を締めている。特にめずらしい恰好ではないのに、

女の自分の目から見ても色気がしたたっているようだ。

こんな人を前にしたら、女に興味のない男もついその気になるかもしれない。余一の男ぶりと腕前を知れば、染弥も憎からず思うのではないか。

気まずい思いで俯《うつむ》いたら、横から六助が口を挟んだ。

「なに、奴のこったもの。どれほど忙しくたって、やらねぇとは言わねぇだろう。まして、こんな美人の頼みだ。俺が口を利こうじゃねぇか」

「おじさん、余計なことを言わないでよ」

「あら、よかった。助かったわ」

慌てるお糸の両側で六助と染弥はうなずきあう。

このままでは自分の知らないところで、余一と知り合いになられてしまう。それだけはさせられないと、二人の話に割って入る。

「だったら、あたしが案内するから。おじさんは手出しをしないで」

その方がまだましだとお糸はとっさに言い切っていた。

四

それなら早いほうがいいとせっつかれ、その日のうちに染弥を白壁町にある余一の住まいに案内することになった。

白壁町のすぐそばには、染物屋が軒を並べる紺屋町がある。屋根ごしに布がたなびいているのを見上げるたび、どうしてそっちに住まないのかと不思議に思ったりしたものだ。

六助によれば、余一の育ての親は上方から来た職人で、雇ってくれる店や親方がなかったために「きものの始末」を始めたらしい。結果、商売敵《がたき》となる紺屋町には住めるものではなかったそうだ。

だが、いつしか腕を見込まれて、難しい仕事に手を貸す代わり、作業場を借りられるようになったとか。余一は死んだその人の跡を継ぎ、今も白壁町できものの始末をしている。

「余一さん、だるまやのお糸です」

おずおずと声をかければ、ややあって腰高障子が開けられる。久しぶりの思い人を

熱い目つきで見上げたら、

「あらまぁ、本当にいい男だねぇ」

隣りにいる染弥がまんざらでもない調子で言う。その顔がかつぶしをもらった猫のように見えたのは、果たしてこっちの僻目《ひがめ》だろうか。

いや、染弥ほどの芸者が貧乏な職人に本気でちょっかいを出すはずがない。きっとからかっているんだとお糸は自分に言い聞かせた。

「こちらの染弥姐さんが余一さんに頼みたい仕事があるんですって。六さんから忙しいって聞いているし、悪いと思ったんだけど」

言外に「断ってもいい」と匂わせながら、再び男の顔色を見る。どうやら仕事が忙しいというのは本当のようだ。一応髭《ひげ》はあたってあったが、目の下にはクマが浮いているし、ずいぶん疲れた顔をしている。

余一が住んでいる割長屋《わりながや》は背の高い二階建てで、世間の人からは「櫓長屋《やぐら》」と呼ばれている。男のひとり暮らしには広すぎると思うのだが、きものを始末するためにはそれだけの場所が必要らしい。ちなみに、お糸は土間に面した三畳までしか上げてもらったことがない。

だが、この様子なら染弥の仕事は引き受けられないだろう。なかなか店に来なかったのも、単に忙しかったからのようだ。

内心ほっとしていると、芸者がぐっと膝《ひざ》を進める。

「あたしの仕事は急がないから、手の空いたときでいいんです。お糸ちゃんからおまえさんの腕前を聞かされて、どうしてもお願いしたくって」

「まずはものを見せてくだせぇ」

艶《つや》っぽい笑顔を向けられても余一は相変わらずだった。まるで表情を変えない相手に、染弥はさらに笑顔をつくる。そして、「頼みたいのはこれなんです」と風呂敷から出したのは、先日座敷で着たはずの松葉の裾模様のきものだった。

「姐さん、これはこの間の」

「そう、わざわざ母親の形見の品を引っ張り出して着たっていうのに、おっちょこちょいの客が座敷で酒をこぼしたのさ。ちょっと見じゃわからないかもしれないけど、きれいにしておこうと思って」

告げられた言葉を聞いて、お糸は目を瞠《みは》る。前は、母親の形見だなんて一言も言っていなかった。

「それじゃ、姐さんのおっかさんも」

「まぁね。蛙《かえる》の子は蛙ってやつさ」

いささか自嘲《じちよう》めいた響きを感じ、そういえばと思い出す。

——五つ、六つの時分から、棒を片手に仕込まれりゃ、嫌でもできるようになるさ。

我が子に芸を教えるために、親がそこまでするだろうか。ひょっとしたら、染弥は自分より幼いときに母を失ったのかもしれない。そして、知り合いの置屋《おきや》に引き取られ、芸を仕込まれたのだろう。

だとしたら、特別な祝いの席で古いきものを着たがった理由もわかる。きっと亡き母に、今の自分の姿を見せたかったに違いない。

女二人が話している脇で、余一はきものを大きく広げる。女物にはめずらしく生地は羽二重《はぶたえ》らしい。着古して褪《あ》せた黒のことを俗に羊羹《ようかん》色と言うけれど、このきものは今でも漆黒《しっこく》の艶を放《はな》っていた。

だが、裾模様の金糸の松葉は少々色褪せが始まっており、豪華なはずのきものがどことなくさびしそうに見えた。

「酒がかかったってぇのはどの辺です」

聞かれて、染弥がここぞとばかり余一のそばへすり寄った。

「この辺さ。よぉく見ておくれ」

言いつつ男の手を取って裾の辺りを指し示す。寄り添うような恰好を見て、たちまち頭に血が上った。

余一さんにくっつかないで！

顎《あご》の下まで込み上げた思いを唾《つば》と一緒に強《し》いて呑み込む。染弥は商売柄、知らずにそういう態度を取ってしまうだけだ。きっと悪気はないのだと心の中で繰り返す。

「なるほど。だが、すぐにふき取ったと見えて、あまり染みちゃいないようだ」

「そりゃそうさ。大事な形見の品だもの」

染弥はそう言いながら、余一の長く骨ばった指の間をそっとなぞる。お糸はこらえきれなくなって、強引に割り込んだ。

「あたしにはちっとも汚れていないように見えるけど。姐さんはちょっと気にし過ぎじゃないの」

「あら、気にし過ぎはそっちじゃないのかい」

尖った声で言ったとたん、笑みを含んで言い返される。お糸は下唇を噛み、恨めしそうに染弥を見た。

思わせぶりな素振《そぶ》りをしてどこまでこっちをなぶる気か。色恋に慣れない素人をからかって楽しんでいるのなら、ずいぶん趣味の悪いことだ。

一方、とんだ朴念仁《ぼくねんじん》は、すぐそばで飛び散っている火花さえ見えないらしい。いつもと変わらぬ表情で染弥に向かって口を開く。

「このくらいなら、どこでやっても変わりやせん。せっかく見込んでもらったが、他《よ》所《そ》に頼んだほうがいい」

「あら、どうして」

「申し訳ねぇが、おれは今すぐ仕事にかかれねぇんでさ。姐さんなら手間賃を値切る必要もねぇでしょう」

いつもは商売っ気のなさを歯がゆく思うお糸だが、今度ばかりは心の中で手を叩いて喜んだ。これで気を揉《も》まずにすむと安心しかけたら、「そんな心配は無用ですよ」と媚《こ》びるような声がした。

「これをもう一度、座敷で着ることはないんでね。どれだけ時間がかかっても構わないんです。いっそ違うもんに仕立て直したほうがいいかもしれない」

とっさに「どうして」と尋ねたお糸に、染弥は笑った。

「いくら母親の形見でも、柳橋の芸者が古いきものをいつまでも着られやしないさ。かといって、普段着にできるような代物でもないからね。この際、裾をちょん切って羽織にでもしようかしら」

肝心の裾模様を切り捨てると聞いて、お糸は心底びっくりする。余一も同感だったのか、今日初めて表情が動いた。

「すると、姐さんは」

「柳橋の染弥と申します。どうかご贔屓に」

言いかけた言葉を遮るように三つ指をついて頭を下げる。そして、頭を上げてから改めてきものの裾を見た。

「あたしゃもともとこの柄が嫌いだったしね。おっかさんはどうして松葉なんかにしたんだろう。どうせなら、竹にすればいいものを」

ほとんど難くせのようなことを染弥は口にした。

縁起のいい松や竹は好んできものに使われるが、松より竹がいいというその理由がわからない。金糸の松葉の裾模様は派手ではないが洒落《しゃれ》ている。これが竹の葉になったところで、見た目に大差はなさそうだ。

「どうして竹のほうがいいんです」

お糸の問いに、染弥はにやりと笑った。

「前に客から聞いたのさ。松は花が咲かないけど、竹は何十年かに一度、花が咲くことがあるんだって」

そして、そのあと枯れちまうんだって――と付け加えた。

「御身大切で花をつけない松よりも、枯れるを承知で花を咲かせる竹のほうがよっぽど粋ってもんだ。そう思わないかい」

とまどっていたら、今度は余一のほうを見た。

「とはいえ、たったひとつ手元に残った母の形見の品だからね。気に入らないからと手放すのも気が引ける。どれだけ時がかかっても構わないから、どうしてもおまえさんにやってもらいたいんです」

芸者の熱いまなざしを余一はまっすぐ受け止める。それからしばしきものを見つめ、

「そういうことなら」と承知した。

五

一月も末になれば、正月気分はすっかり抜ける。

ところが、お糸は店でしくじってばかりいた。

「お糸ちゃん、俺の料理はまだかい」

「あ、ごめんなさい」

「おいら、こんなもんは頼んじゃいないぜ」

「え、そうだったかしら」

始終こんなやり取りを繰り返していたら、お糸目当ての連中もだんだん見る目が厳しくなる。「いい加減にしてくれよ」「冗談じゃねぇぜ」と文句を言われ、ひたすら頭を下げ続けた。

芸者の染弥が櫓長屋に通っている——二人を引き合わせたとたん、そんな噂《うわさ》が聞こえてきた。まさかと思って六助に尋ねたら、言いづらそうに顎をかかれる。

「姐さんみたいな女は、素っ気ない扱いになれちゃいねぇからよ。なんかこう虫が騒いだんじゃねぇのかな」

お調子者の歯切れの悪さがお糸の胸を騒がせた。

さらに聞けば、忙しいはずの余一も染弥を追い返そうとはしないらしい。長屋で二人がたびたび話し込んでいると知り、その場にしゃがみ込みそうになった。

こっちの気持ちを知っているのに、どうして姐さんはそんなことをするのだろう。引き合わせたときに見せた素振りは、片思いの自分をからかっているんだと思っていたけれど、まさか本気で惚れたのだろうか。

余一だって若い男だ。玄人《くろうと》にちょっかいをかけられれば、その気になっても不思議はない。そう思ったら、何も手につかなくなった。二人の影がちらついて、目も耳も手元もおろそかになる。茶碗を割ったり、怒鳴られたりするたびにはっとしても、知らぬ間にまた魂が抜けたようになってしまう。

いつになくしくじりを繰り返すお糸に、父は小言めいたことを言わなかった。

「おめぇももう十八だ。親があれこれ言う年じゃねぇだろう」

ぼそりと言われた一言が怒られるより胸にこたえた。お糸の様子がおかしい理由を父はだいたい察している。

それでも、我慢が尽きたと見え、店の片付けを終えた四ツ（午後十時）過ぎに、「ちょっと付き合わねぇか」と徳利を掲げられた。

「今日もどんぶりを割ったり、茶をこぼしたり。いろいろ忙しかったなぁ」

呆れたような口ぶりに「ごめんなさい」と小さくなる。父は二つの湯呑に酒を注《つ》ぎ、

「まぁ、飲みな」と促した。

「これからする話はちっと素面《しらふ》じゃしにくいんでな。おめぇだって、進んで聞きたくねぇだろうし」

「……ごめんなさい」

お糸が再び頭を下げると、大きなため息をつかれてしまった。

「おめぇって奴は……何から何まで、死んだおっかさんにそっくりだぜ」

困ったような口ぶりと言葉の中身が噛み合わない。器量よしの母親は父の思いにほだされて一緒になったと聞いていた。

その母親と自分のどこが似ているというのだろう。むしろ、恋心を貫いた父のほうに似ているはずだ。無言で続きを待っていたら、父が一口酒を飲んだ。

「まさか、こんな話をおめぇにする日が来るとはなぁ。おくに——おめぇのおっかさんは、惚れた男を諦めて俺と一緒になったのさ」

どこか決まりが悪そうに早口で告げられる。初めて耳にした両親の昔にお糸は知らず声を上げた。

「どうして、そんな」

「そんなもこんなもあるもんか。男と女がくっつくには、お互いの気持ちが揃《そろ》わねぇといけねぇ。俺はともかく、おっかさんの場合はひとり相撲《ずもう》だったのさ」

それは父にとって幸いだったはずなのに、湯呑を一息に空けてしまう。そして、渋い顔つきのまま話を続けた。

母は評判の器量よしで、思いを寄せる男は多かった。だが、彼女の思いは同じ長屋に住んでいた若い浪人に向けられていたそうだ。

「確かに面《つら》はよかったが、無口で愛想がなくってよ。おめぇの惚れたあの野郎によく似ていたぜ」

「余一さんは顔だけじゃないわ。腕だっていいじゃない」

とっさに言い返したら、恨めし気に睨まれる。

「どうして女って奴ぁ、揃ってろくでなしに惚れるんだか。俺にゃちっともわからねえや」

「その浪人は、ろくでなしだったの」

余一さんは違うけどと心の中で付け足して、仏頂面に問いかける。父は飲まなきゃやっていられないとばかりに酒を自分の湯呑に注いだ。

「ろくでなしさ。侍のくせに敵討《かたきう》ちを諦めちまったんだからな」

その浪人の父親はささいないさかいで命を落とし、男は十五の年から仇討《あだうち》の旅を続けていたらしい。

しかし、目指す敵とはなかなか巡り合うことができない。当てのない旅に疲れ果てて住み着いた先が、母の住んでいた長屋だった。

「いつも暗い目をしていてよ。俺なんざ口も利きたくなかったが、何でか女には人気があった。おくにもすっかりその気になって、いろいろ世話を焼いていたっけ」

「なら、どうしておとっつぁんと」

「いつまでたっても気持ちにこたえてくれねぇ男に見切りをつけたのさ。決まっているだろう」

ぶすりと吐き出されたのは、心に刺さる言葉だった。

「そいつの頭の中はな、てめぇのことしかなかったんだ。武士の意地を通せなかった。死んだ父親に顔向けできねぇとうじうじ悩んでいるくらいなら、死ぬまで仇を追いかければいいだろう。それが嫌だというのならすっぱり刀を捨てりゃあいいのに、そいつもできねぇと抜かしやがる。我が身の不運を嘆いていたら、誰かが何とかしてくれる……俺には、そう思っているようにしか見えなかったぜ」

おくにはそんな浪人に同情して励まし続けた。差し入れや身の回りの世話はもちろん、仕事の口も利こうともした。

せっせと世話を焼く姿に他の男たちは脈がないと思ったのだろう。いつの間にか別の娘と所帯を持ち、父ひとりが最後に残った。「諦めが悪い」「みっともない」と口々に言われても他に目移りしなかったのは、惚れた女がしあわせだと思えなかったからだった。

実際、おくにはだんだんやつれていった。はつらつとしたところが消え、道で出くわしても目を逸《そ》らす。「どうして俺じゃ駄目なんだ」と恥ずかしげもなく詰め寄れば、すまなそうに首を振られた。

「清八さんが駄目なんじゃない。あたしが馬鹿なだけなんだと言われちまったら、手も足も出せねぇ。そのうちこっちもくたびれ果てて、とうとうおくにを諦めようって気になった」

報われない思いを続けている間にどんどん年を取っちまう。こんな俺でも構わないという女がいたら、そいつと一緒になろう。

そう決心した雪の降る晩に、おくにはやって来てこう言ったという。

――おっかさんに言われたの。顔の向いている先が違っている人と、一緒に歩くことはできないって。

浪人は過去に捕らわれ続け、これから先を見ようとしない。そんな男と無理に所帯を持ったところでしあわせになれるはずがない。相手の見ているその先に、おまえがいることはないんだから。

報われない日々の積み重ねの末、母は浪人への思いを断ち切った。そして、誰より自分に惚れていた父と一緒になることを決めた。

「その後、十日もたたずに浪人は長屋を立ち退《の》いて行った。てめぇが振られた恰好になったのが面白くなかったのか、実はおくにに惚れていたのかは知らねぇけどな」

父親はそこまで言ってから、ふうっと大きく息を吐き出す。

「あの余一って野郎は、おくにが惚れた浪人と同じ目をしてやがる。昔のことに捕われて、先のことを見ちゃいねぇ目だ。そんな男をいつまでも思っていたところで、しあわせになれる道理がねぇ」

不意に正面から見つめられて、かすれる声を絞り出した。

「余一さんは腕のいいまっとうな職人だもの。そんな人と一緒にしないで」

「まっとうってのはな、いろんなことをちゃんと考えられることを言うんだ。ひとつのことしかできねぇ、考えられねぇってのは、ちっともまっとうなんかじゃねぇ。奴はどうだ。きもののことしか考えちゃいねぇだろうが」

見事に痛いところを突かれて、お糸はぎゅっと両手を握る。父の言っていることは確かに正しい。あの人はきものを生かすことしか頭にないのだろう。

「おめぇは自分で紡《つむ》いだ初恋っていう思いの糸に手足を捕らわれちまっているのさ。俺もおくにも、そんなつもりでお糸と名付けた訳じゃねぇぜ」

「あたしは」

そんなんじゃないと反論する前に、「まぁ、聞け」と言われてしまう。渋々口を結ぶと、じっと目を見て父が言った。

「己の芸や技を究めようと思ったら、そのことしか考えねぇ、考えられねぇってことくらい、俺みてぇな一膳飯屋の親父にもわかる。だが、そんな相手と所帯を持って、おめぇはしあわせになれるのか。第一、奴の仕事は古着の直しじゃねぇか。手塩にかけた大事な娘を古着より下にされてみろ。こっちゃあ泣くに泣けねぇや」

少し酒が回って来たのか、父の顔が赤かった。こんなふうにじっくり見るのはずいぶん久しぶりのことだ。父も年を取ったんだと、そのときようやく気が付いた。嫁に出そうと焦るのは老いを感じているからだろう。

ずっと「おっかさんの若い頃と生き写しだ」と言われたかった。でも、こんなことで言われるなんて思ってもみなかった。

たったひとりの身寄りの父がここまで反対している。娘として従うべきだと頭ではわかっていた。

しかし、余一以外と一緒になる自分の姿がどうしても思い浮かばない。下を向いたら、不意に聞かれた。

「おっかさんと俺がいくつで所帯を持ったのか知っているな」

「……うん」

「去年までは大目に見た。けど、ものごとには潮時ってもんがあるんだぜ」

父はそう言うと、徳利を持って立ち上がる。これから先は、部屋でひとり飲むのだろう。

母が撫子色のきものを父から贈られたのは、今の自分と同じ年だった。

六

翌日、店の手伝いを休み、お糸は米沢町へ足を向けた。自分のことはともかく、余一をどう思っているのか染弥に聞こうと思ったのだ。

柳橋の売れっ子が貧乏な職人に一目で惚れ込むとは思えない。これ見よがしに入り浸《びた》るのは、自分に対するあてつけとしか思えなかった。

だとすれば、どうしてなのか。お糸は染弥と親しくしてきたつもりである。こんな仕打ちをされる覚えはまるでないため、よりいっそう訳がわからず、しくじりだけが増えていく。

そこで、覚悟を決めてやって来たら、

「あら、お糸ちゃん。おめかししてどうしたのさ」

変わらぬ笑顔で迎えられ、心の中でたたらを踏んだ。

染弥が言ったように、今日はとっておきの赤い三筋《みすじ》格子（三本筋の格子柄）の帯を締め、髪もきちんと結ってきた。いざ合戦の意気込みで気張ってやって来たというのに、肩透かしもいいところだ。そのまま中に上げてもらい、いつものようにお茶を出される。

「そういえば、近頃上《うわ》の空で何も手につかないんだって？　余一さんのところで六助さんが言っていたよ」

どうして最初にそんな話が出てくるのだろう。こっちが面食らっている隙《すき》に、むこうは勝手に話を続ける。

「それはきっと恋煩《こいわずら》いに決まっているってあたしが言ったんだけど、余一さんはまるで興味がなさそうにしていたっけ」

軽い調子の言葉を聞いて、頭の先から血の気が引いた。

所詮、むこうはおまえのことなど眼中にないと言いたいのか。それとも、脈を見てやったと恩に着せるつもりなのか。強い調子で問い詰めようにも、なぜか声が出て来なかった。

「お糸ちゃんが言っていた通り、他に女がいるって訳でもなさそうだけど。あれほどのいい男がもったいないことだよね」

にっこり笑って付け加えられ、お糸はようやく口を開く。

「……どうして、そんな意地悪をするの。あたしが何をしたっていうのよ」

「何だい、藪《やぶ》から棒に」

「あたしの気持ちを承知の上で、あの人の気を惹《ひ》くような真似《まね》をして……あたしがこの頃上の空だったのは、姐さんが余一さんの長屋に通っていると聞いて、気が気じゃなかったからなのに」

女に興味のない余一のことだ。恋煩いと言われても、自分が思われているなんて夢にも思わないだろう。他に好きな男がいると勘違いしたに違いない。

それを承知で、わざと誤解させるようなことを言うなんて。恨みを込めて言い募ったら、紅い唇が弧を描く。

「嘘《うそ》は言っていないじゃないか。あんたの様子がおかしいのは恋煩いなんだから」

どう取るかはむこうの勝手というもんだろう。悪びれない相手の態度にお糸の背筋は怒りで震えた。

「どうしてあたしの邪魔をするの。姐さんは余一さんが好きな訳じゃないんでしょう」

泣くもんかと思っていても目の奥が熱くなる。力を込めて睨んだら、染弥が煙草盆《タバコ》に手を伸ばした。

「あんな貧乏人に誰が惚れたりするもんかね」

「だったら、何でよ」

言った瞬間、こっちを見る目がすうっと細くなる。手には見慣れた朱羅宇《ラウ》の煙管が握られていた。

「何でだと思う」

表情はちゃんと笑っているのに、その目はまるで氷のようだ。心底自分は憎まれている。そう実感したけれど、まるで理由がわからない。

三月前に知り合ってから、自分たちは仲良くやって来たのに。住む世界は違っていても、女同士、気持ちはわかり合えていると信じていた。

裏切られた思い以上に、余一を巻き込んだことが許せなかった。あたしが嫌いだというのなら、直にこっちに手を出せばいい。あの人には手を出さないでと震える声で文句を言ったら、鼻の先で嗤《わら》われた。

「それこそこっちの勝手じゃないか」

「姐さんっ」

「亭主に手を出すなと言われたなら聞きもするが、あんたとあの人は末の約束どころか手も握ったことがないんだろう。勝手に懸想《けそう》しておいて、あたしとあの人のことに横から口を挟みなさんな」

むこうがそう言い終える前に、お糸は染弥に摑み掛かる。

だが、女同士の喧嘩《けんか》なら、場数を踏んでいる芸者に分がある。すかさず邪険に払いのけられ、無様に尻餅《しりもち》をついてしまった。その隙に染弥は立ち上がり、衿を直してお糸を見下ろす。

「あんたにとって肝心なのは、あたしじゃなくて男の気持ちだろう。うちに乗り込んで来る前に、白壁町に行ったらどうだい」

正面切った正論にぐうの音《ね》も出なかった。

そんなことができるなら、誰も色恋で悩まない。恨みがましく見上げても、こっちを見る目は冷たいままだ。

「そんな顔をしたって無駄さ。あの人はね、あんたなんかの手に負えるような人じゃないんだから」

言い切った女の顔には勝ち誇った色が見える。お糸は呆然《ぼうぜん》と呟いた。

「あたしが、何をしたっていうんです……」

「何もしないから、腹が立つのさ」

「えっ」

「惚れた男が振り向いてくれるのをただ待っているだけなんて。のんびり夢を見ていられるお嬢さんにゃ、あたしの気持ちはわからないだろうねぇ」

歪んだ紅い唇から馬鹿にするような台詞《せりふ》がこぼれる。そして、「二度とここへは来ないでおくれ」と玄関から突き出された。

しばらくして我に返ったとき、お糸はとぼとぼと柳原の土手を歩いていた。いい年をして泣くなんてみっともない。そうわかっていても涙が止まってくれなかった。

自分の恋はそんなにいけないものなのか。父も、染弥も、何が気に入らないというのだろう。

いっそ恋なんてやめたいと本気で思った。そうすれば、もう憎まれないですむ。人を憎まなくてすむ。心からそう思うのに――自分の思いは思いのままになってくれない。袂《たもと》で涙をぬぐおうとして、染みになっては困ると思い直したときだった。

「なんでぇ、ひでぇ顔だな」

六助が呆れたように声をかけて来た。

「ま、お糸ちゃんと姐さんじゃ最初《はな》から勝負にならねぇわな。早いとこ諦めたほうが身のためだぜ」

この時期、古着はあまり売れないらしい。「どうせ客なんてこねぇから」と六助は見世をさっさとたたみ、お糸と共に冬枯れの柳の間に腰を下ろした。

「みんな、どうしてそんなことばっかり……あたしじゃ余一さんに釣り合わないっていうのっ」

洟《はな》をすすりながら文句を言えば、「違うって」と手を振られる。

「お糸ちゃんは余一なんかにゃもったいねぇって言ってんのさ。器量よしで働きもんで親孝行と三拍子揃ってる。ところが、野郎は偏屈で身寄りのねぇ貧乏人だ。親父さんが気を揉むのも無理はねぇって」

「偏屈なのはともかく、貧乏で身寄りがないのは余一さんのせいじゃないわ」

「その通り。だが、自分のせいでなくたって、一生背負っていくことに変わりはねぇだろう」

いつもへらへらしている男が急に真面目な声を出す。驚いて顔を上げたら、思いがけないことを言われた。

「お糸ちゃんは、奴の名前をどう思う」

「どうって、いい名前じゃない。姐さんも同じ名前の弓のうまいお侍がいたって言っていたし」

染弥の受け売りというのは癪《しゃく》だったが、思いついたままを言う。すると、六助が皮肉っぽい笑みを浮かべた。

「そりゃ那須与一だろう。読み方は一緒でも字が違わあ」

言われた意味がすぐにはわからず、ぽかんと相手を見返した。古着屋はひょいと腰を上げて、落ちていた枯れ枝を拾って戻って来る。

「いいか、むこうは与えるに一と書いて与一。野郎は余った一と書いて余一と読む。耳で聞いた限りはおんなじかもしれないが、その言わんとするところはずいぶん違うと思わねぇか」

案外学があるらしく、土の上に字を書いて説明される。お糸はその文字を食い入るように見つめていた。

「……世間には捨吉、捨松って名前もあるじゃない」

「ところが、奴は望まれずに生まれた子だったし、そのことを本人も承知している。身内の情なんざこれっぱかりも知らねぇから、誰かと所帯を持つなんて考えられる男じゃねぇ。そいつぁ俺が請け合うぜ」

きっぱりと言われたとき、父の言葉を思い出した。

――あの余一って野郎は、おくにが惚れた浪人と同じ目をしてやがる。昔のことに捕らわれて、先のことを見ちゃいねぇ目だ。そんな男をいつまでも思っていたところで、しあわせになれる道理がねぇ。

娘を思う父の眼鏡《めがね》に狂いはなかったというべきか。

しかし――だとしたら、あまりにも理不尽だ。

「身内に恵まれなかった不幸な生い立ちだと、一生しあわせになれないっていうの。そういう人だからこそ、家族が欲しいと思って当然じゃない」

「おい、俺に怒るなって」

焦って手を振る古着屋に構わず、お糸はすっくと立ち上がる。そのとき、さっき染弥から言われたことを思い出した。

――何もしないから、腹が立つのさ。

――惚れた男が振り向いてくれるのをただ待っているだけなんて。のんびり夢を見ていられるお嬢さんにゃ、あたしの気持ちはわからないだろうねぇ。

ひょっとしたら、染弥は自分の思いを見せかけだと思ったのか。若い娘が様子のいい職人にあこがれているだけなら、早く諦めろと言いたかったのか。

お糸は奥歯を噛み締めて、背筋をぐっと引き上げた。

七

余一の長屋を訪ねたのは、そろそろ七ツ（午後四時）になろうかという時刻だった。涙のせいで目は赤いし、頰がごわついているのがわかる。だが、見た目を気にする余裕なんて今はなかった。

こちらの呼びかけに応えた余一は当然目を瞠ったが、黙って招き入れたあと、障子を開け放したままにした。

うるさい父親への気遣いなのか、それとも、他に理由があるのか。一度止まったはずの涙が再び溢《あふ》れそうになる。

「どうしたんだい」

無言で下を向いていたら、ぼそりと声をかけられた。やっとの思いで「染弥姐さんのことだけど」と呟けば、なぜかすんなりうなずかれる。

「今度、芸者を引くんだってな。本人から聞いたよ」

思ってもみない言葉を聞いて、驚きのあまり涙が止まる。その様子に「知らなかったのかい」と逆に聞かれた。

「その顔つきじゃ、姐さんの生い立ちも聞いちゃいないようだな」

「……おっかさんも芸者だったってことしか、聞いてないわ」

戸惑いながら聞き返したら、余一がじっとこっちを見る。いつもと違うお糸の様子に感じるところがあったのだろう。ためらいがちに口を開く。

「姐さんが黙っていたことをおれがしゃべるのは筋違いかもしれねぇが……ここだけの話にしてくれるかい」

勢い込んでうなずけば、言いづらそうに話し始めた。

「お糸ちゃんは、吉原芸者と町芸者の違いを知っているかい」

「それくらい知っているわよ。吉原芸者は絶対に身を売らないんでしょう」

御免色里である吉原では、身を売る女郎のほうが芸者よりも重んじられる。だからこそ「芸は売っても身は売らぬ」という芸者の建前《たてまえ》がどこより厳しく守られるとか。

「そうさ。だから、吉原芸者は町芸者より格上なんだ。着ているものや櫛笄《くしこうがい》も他の町芸者とは違っている」

「ってことは」

「裾模様の座敷衣装に白の半衿ってなぁ、吉原芸者にだけ許された恰好だ。町芸者がそんなことをしたら、すぐに吉原から文句が出る。染弥は芸者を引くと決めたから、あえて掟《おきて》を破ったんだろう」

静かな声で付け加えられ、知らなかったと目を見開いた。

道理で裾模様のきものを見たとき、いつもと違うと感じたはずだ。それが形見ということは、染弥の母は吉原芸者だったのか。

「だったら、どうして姐さんは柳橋から」

思わず漏らした呟きに、「母親が吉原を追い出されたからさ」と教えられた。

男女の仲は、禁じられれば禁じられるほど盛り上がるという。遊び慣れた客の中には、あえて吉原芸者にちょっかいを出す者も少なくなかった。

染弥の母親はそういう客に見込まれた末にほだされて身を許し、それがばれて吉原から追い出された。

「楼主《ろうしゅ》に問い詰められたとき、腹の中に子がいたんじゃ隠し通せるはずもねぇ。男のほうは双方納得ずくの遊びだとそっぽを向く。昔のつてを頼って柳橋の置屋においてもらっても、大きな腹を抱えていたんじゃ座敷に出る訳にもいかねぇ。どうにか姐さんを産み落としたときには、ずいぶん借金があったそうだ」

その後は金を返そうと無理に無理を重ねた挙句、染弥が五つのときに亡くなった。

ただし、母の頑張りのおかげで借金はあらかた消え、松葉の裾模様のきものはかろうじて手元に残ったらしい。

「姐さんは言っていたよ。自分は芸しか仕込まれてこなかったから、並みの女のできることが何ひとつできない。だから、堅気《かたぎ》の男とは所帯を持ったりできないって」

染弥には一緒になって欲しいと言ってくれた八百屋の若主人がいた。だが、奉公人なぞ持てない小さな店だったため、とてもやっていけないと金持ちの妾《めかけ》になる決心をしたらしい。

そして、最後の逢瀬《おうせ》にあの裾模様のきものを着たのだと聞かされて、お糸はすべてが腑に落ちた。

――御身大切で花をつけない松よりも、枯れるを承知で花を咲かせる竹のほうがよっぽど粋ってもんだ。そう思わないかい。

あれは、思いを貫けなかった自分を卑下する言葉だったのか。

染弥の母親は、吉原の決まりを破って惚れた男の子を産み、苦労の果てに亡くなった。ひとり残された子は、あたしはおっかさんみたいに無茶な生き方はしない、ちゃんと身のほどをわきまえてしあわせになると心に決めたに違いない。

しかし、大人になって売れっ子芸者となったとき、好きな男ができてしまった。妾を囲うほど甲斐性《かいしょう》のない相手から「一緒になって欲しい」と言われて、染弥はきっと悩んだはずだ。

よほどの大店《おおだな》でない限り、おかみさんは誰よりも働かなくてはならない。店の手伝いはもちろん、炊事洗濯針仕事までひとりでこなして当然だ。それは無理だと考えて、旦那を持つ決心をした。自分と惚れた男のしあわせのために。

最後の逢瀬で母親のきものを着たのは、恋に迷って分別を失くしたりしないと戒《いまし》めるつもりだったのか。

だけど。

「姐さんの意気地なし！」

お糸は肩を怒らせて、大きな声を出していた。

惚れた男に振り向いてもらえず、父と添った自分の母よりてんで弱虫ではないか。一緒になろうと言われたのに、自分のほうから逃げ出すなんて。

きっと、染弥は男も自分も信じられなかったのだ。今は思ってくれていても、一緒に暮らしているうちに互いの粗《あら》が見えてくる。いずれ、家事のできない自分は愛想を尽かされると思ったのだろう。

そんな弱虫に自分の恋をとやかく言われる筋合いはない。ひとりで力みかえっていたら、なぜか余一が苦笑した。

「そんなふうに言えるのは、お糸ちゃんがまっとうな育ちをしているからさ」

「どういうこと」

「おれは、逃げ出した姐さんの気持ちがよくわかる。まっとうな暮らしってものをよく知らないからな」

人は誰しも知っていることしかできないし、知らないことは怖いもんだ。いつになくしみじみと呟かれ、泣きたいような気分になった。

不幸な生い立ちの余一と染弥は、互いに自分と似ている部分を相手に感じていたのだろう。だから、染弥も自分の思いを隠さず話したに違いない。そんな二人が歯がゆくて、お糸は心で地団駄を踏む。

知らなかったら、聞けばいい。できなかったら、できるまで繰り返せばいいのだ。自分が余一に習ったように、今度はこっちが知らないことを教えてあげると言いたかったが——できなかった。

——むこうは与えるに一と書いて与一。野郎は余った一と書いて余一と読む。その言わんとするところはずいぶん違うと思わねぇか。

母を十歳《とお》で亡くしても、お糸には父がいた。己の都合より娘の気持ちを思いやり、ひとり身を通してくれたとてもやさしい人だった。

けれど、余一には誰もいなかったのだろう。ならば、与えられなかった身内の情を自分が与えてやりたいと思う。

「ねぇ、余一さん」

思いを込めて呼びかければ、惚れた男と目が合った。続けて「好き」と言おうとしたが、口の中でほどけて消えた。

今はまだ早い。このかわいそうな朴念仁にこっちの覚悟をわからせるには、もっともっと時がかかる。

――糸はすべてをつなぐものだから。おまえがこの先いろんな人とつながっていけるように、お糸って名にしたんだよ。

かつて母の膝で聞いた名前の由来を思い出す。

おとっつぁんには悪いけれど、年内の嫁入りはやっぱり難しいだろう。「何でもない」と言いながら、お糸は心の中で父に手を合わせていた。

しのぶ梅

一

柳原の名物は、土手に立ち並ぶ古着の見世と、日暮れてから出る夜鷹《よたか》たちだ。どちらもいろんな人の手を経て、土手の上まで流れ着く。

「おい、知ってるか。近頃、土手に変わった夜鷹が出るんだと」

六助の言葉に余一はうんでもすんでもない。それがどうしたと言わんばかりに黙って酒を飲んでいる。愛想のない昔馴染《なじ》みに六助は軽く眉《まゆ》をひそめた。

「ったく、おめぇも相変わらずだな。こういうときは、『へえ』とか『何だって』と言って、身を乗り出すのが江戸っ子だろうが」

「あいにく、江戸の生まれじゃねぇ」

とっつぁんだって知ってんだろうとけんもほろろの相手の前で、六助はわざとらしく嘆息する。どうしてこの男はこういうもの言いしかできないのだろう。これで仕事ができなかったら、とうに縁切りをしているところだ。

だが、実際は余一の腕で食っているようなものである。怒ってみても始まらないと六助は気を取り直した。

「それで、どんな女だと思う」

「どうせ鼻か足がないんだろう」

ここは岩本町にある六助の住む裏長屋だ。人の酒を遠慮なく飲みながら、余一はいい加減なことを言う。それでも、この男にしては気の利いた返事のうちだと思い、六助は嬉々《きき》として話を続けた。

「鼻がねぇ夜鷹なんてめずらしくもねぇ。あの辺りの連中は明るいところに出られねぇから、暗がりで袖《そで》を引くんだぜ」

身を売る女は山ほどいるが、その種類はいろいろだった。吉原の花魁《おいらん》をピンだとすれば、夜鷹はキリもいいところだ。むこうは小判が何枚もいるが、こっちは一回二十四文《もん》で事足りてしまうのだから。

もっとも、三つ重ねにした布団の上で気に入った客とだけ寝る女と、草むらに敷いた筵《むしろ》の上で誰にでも足を開く女が同じ値段のはずはない。唯一同じと思われるのは、どっちも女ということくらいだ。

もちろん、売り値が安い分だけ器量だってぐんと落ちる。よろず商売というものは、売れないからこそ値を下げる。柳原で身を売る女は、四十を超えたばあさんや額《は》の禿げあがった病持ちばかりだ。金を持っている連中は「ただでもそんな女は御免だ。買う奴の気が知れないよ」と顔をしかめて言うだろう。

だが、そういう女がいてくれるので、助かる男もいるのである。いつも懐《ふところ》が風邪《かぜ》をひいているような手合いは、蕎麦《そば》二杯で釣りがくる夜鷹以外買えなかった。

「だったら、足がないのかい。道理でとっつぁんが騒ぐはずだ」

めったにない余一の軽口に、六助の眉間《みけん》にしわが寄る。

「早呑《はやの》み込みもたいがいにしな。誰もそんなことは言ってねぇだろう」

幽霊や物《もの》の怪《け》の類《たぐ》いはこっちの苦手とするところだ。冗談じゃねぇと呟《つぶや》いて、湯呑の酒をがぶりと飲む。そして、からかわれるのはごめんだと答えを教えることにした。

「そいつは鼻も足もついている渋皮の剝《む》けたいい女らしい。ところが、振袖を着ているんだと」

「へえ」

ここでようやく余一も興味を持ったらしい。六助はにやりと笑った。

「な、面白《おもしれ》ぇだろ。二十四文で身を売る女が大振袖で袖を引くんだ。こいつぁいったい何事かと気になるのが人情だろうが」

「それで、買いに行ったのかい」

「俺はそんなに若くねぇよ」

一升徳利を奪い返して、こともなげに言い捨てる。器量がいいと言ったところで、「夜鷹にしては」という断りつきだ。鼻の下を長くして拝みに行ったら馬鹿を見る。

そもそも夜鷹の分際で振袖を着て客を引くなど、型破りにもほどがある。振袖は未婚の娘の晴れ着で、たいそう値の張るものなのだ。噂《うわさ》によると、その女は「許婚《いいなずけ》に先立たれておかしくなった大店《おおだな》の娘のなれの果て」であるらしい。

男はおおむね高嶺《たかね》の花を好む。少々何かがおかしくても、本来抱けるはずのない立派な生まれの女と思えば、いっそうありがたみが増すのだろう。

「まだ二十七、八だって話だからな。その年で土手まで流れて来るとは、よくよく運のねぇ女もいたもんだ」

事情があって身を落とすにも、おしなべてものには順序があった。若ければ吉原や岡場所に売られ、年を取ったら食売《めしうり》宿の飯盛《めしも》り女へ。さらに年を取ったら柳原へ――というのが、身を売る女の双六《すごろく》である。その先は病にかかるか、人手にかかるか。いずれにしても、ろくなことは待っていない。

何とも因果なこったよなぁ——六助がしんみり続けたら、余一がふんと鼻を鳴らした。

「運のねぇ女なんて掃いて捨てるほどいるじゃねぇか。こんなところで同情したって、むこうは痛くもかゆくもねぇよ」

突き放すようなもの言いに六助はこっそり舌打ちした。

どうやら、余一の抱えている厄介な部分に触れたらしい。思えばこいつも哀れな奴だとじっと相手の顔を見た。

自分だって運がいいほうだとは思わないが、それでも親にかわいがられた覚えのひとつや二つはある。ただし、夫婦揃《そろ》って子供の頃に死んでしまい、食うに困った六助は裏稼業に身を落とした。たぶん人は殺していないが、それ以外は何でもやった。殺しはしていないというのだって、刺した相手が死ななかったというだけである。

若い頃は、自分が四十五まで生きるなんてかけらも思っていなかった。人にしたことはいずれやり返される。そう腹の底で覚悟していた。それが、成り行きで足を洗って一応堅気《かたぎ》になれたのだから、上首尾というべきだろう。

対して、余一は親の顔も知らない。そのくせ、自分が生まれたせいで不幸になったことは知っている。生まれながらに重たいものをこいつは否応《いやおう》なしに背負っている。

思いを寄せているだるまやの娘も、さすがにそこまでは知らないだろう。余一は見た目が図抜けているし、職人としての腕もいい。年頃の娘がひと目見て、恋い焦《こ》がれるのは無理もない。

しかし、世辞のひとつも言わない上に、興味があるのはきもののことだけ。知り合って三月《みつき》もすれば、たいがいの娘は離れて行く。

なのに、お糸はめげることなく余一を思い続けている。一途《いちず》な姿を見るに見かねて脇から忠告してみたが、どうやら娘の恋心は石のように固いらしい。

いったいこいつのどこがよくて、そこまで思いつめたのか。やっぱり顔かと思っていたら、余一が怒ったように続けた。

「世の中、運のいい奴もいりゃ、悪い奴もいる。かわいそうだと思うんなら、金でも恵んでやったらどうだい」

「へっ、そんな金なぞあるもんかい。こっちが恵んで欲しいくれぇだ」

我に返って言い返すと、「それでこそ、六助とっつぁんだ」とほっとしたようにうなずかれる。

「妙にしおらしいことを言うから、酔いが醒《さ》めちまったぜ」

「ああ、そうかい。だったら、飲みゃあいいだろう」

六助は口をへの字に曲げて、一升徳利を差し出した。

二

初午《はつうま》（二月最初の午の日）から十日も過ぎれば、柳原もめっきりあたたかくなる。土手のあちこちから土筆《つくし》やよもぎが顔を出し、川から吹く風も柔らかい。おかげで古着の商いがぐっとやりやすくなった。

床見世《とこみせ》は筵がけの仮小屋のため、冬場は地べたから冷気が伝わり、夏場は暑さをまともに食らう。もちろん天気の悪い日は商い自体ができなくなる。

一年中こんな陽気だといいんだがなぁ。空を見上げてひとりごちると、

「おや、六さん。三日も続けて見世を開くたぁめずらしいじゃねぇか。せっかくいい天気なのに、雨が降るからやめてくれよ」

隣りの見世の長吉《ちょうきち》がさっそく憎まれ口を叩《たた》いた。

六助のところは、二束三文で仕入れたぼろを余一に始末させてから売り出すため、他の見世とは比べ物にならないほど一枚あたりの儲《もう》けが多い。結果、「風が強い」と見世を休み、「暑い」と言っては早仕舞いをしてしまう。口の減らない若造に、六助

は「うるせぇ」と言い返した。

「こういういい日和《ひより》だから、見世を開くんじゃねぇか。春の陽気に誘われて、新しいきものを買いに来る女たちもいるだろう」

「そうだとありがたいけどよ、顔を出すのは蛇か蛙《かえる》がせいぜいじゃねぇか。暮れの払いと正月の支度で金を使い切り、この時期はからっけつの奴が多いんだから」

二十五にして女房と二人の子を持つ長吉は、人の話にケチをつけるのがくせになっているようだ。「だったら、おめぇはどうして見世を開いてんだ」と聞くと、「他にやることがねぇからさ」と右手を振ってうそぶかれた。

「気楽なひとりもんにはわからねぇだろうがな。こっちはうちにいるよりも、見世に座っていたほうがよほどのんびりできんのさ。こんな天気に家にいたら、もっこ担ぎでもして来いと、かかぁに追い出されちまう」

他愛《たわい》もないことを言い合っていたら、「ちょいと」と声をかけられた。

ようやくお客のお出ましかと笑みを浮かべた顔を上げ――六助はとっさに息を呑んだ。すぐ目の前に立っていたのは、絞りの大振袖を着た大年増《おおどしま》だったからである。

むこうもこっちがぎょっとしたのを察したらしい。それでも気にする風もなく、見世の中を見回してから、にっこり笑った。

「この見世には振袖も置いてあるって人に聞いて来たの。あたしに似合ういい振袖はないかしら」

そう言う相手の顔を穴が空くほどじぃっと見つめ、もったいねぇなと六助は思った。この女が近頃噂の振袖夜鷹に違いない。なるほど、聞いた通りだと上から下まで眺め回す。

豊かな髪を島田に結い、着ている振袖は臙脂《えんじ》の絞りで大きな菊が描いてあった。年は三十路《みそじ》前後でも、夜鷹にしては十分若い。目つきにいささか険はあったが、黒目がちの一重《ひとえ》の目は男好きがするだろう。これで二十四文なら、一手お願いしたいという男はかなりいそうである。

だが、明るいところで見るせいか、やはり粗も目についた。髷《まげ》はだいぶ崩れているし、振袖もずいぶんくたびれている。恐らくこれ一枚しか持っていないのだろう。せっかくの絞り模様がすっかり伸びきってしまっている。これをつくった職人がこのありさまを目にしたら、がっかりするに違いない。

布を糸でくくって染める「絞り染め」の歴史は長いが、とにかく手間と時間がかかる。総絞りに至っては「贅沢《ぜいたく》すぎる」という理由でご禁制品になっているほどだ。目の前の女が着ているのは総絞りではないものの、もとは大店の娘の晴れ着として誂《あつら》えられたものだろう。

あと十歳ばかり若かったら、八百屋お七と見まごうのかもしれねぇが……面倒事はごめんだと六助は腰をかがめて言った。

「あいにく、おめぇさんに釣り合うような出物はござんせん。うちはこの通り、貧乏人相手の古着屋ですから」

こちらの丁重な断りに女は眉間を狭くする。それから、地面につきそうな長い袂《たもと》を振り回した。

「あたしを夜鷹と見くびって、売り惜しみをしたら承知しないよ」

たちまち化けの皮がはがれて、相手の地金が露《あら》わになる。この調子では「許婚に先立たれておかしくなった大店の娘のなれの果て」というのは眉唾《まゆつば》で、どうやら気だけは確からしい。

話が通じると思ったとたん、こっちもくだけた口調になった。

「こちとら越後屋とおんなじで、『店先《たなさき》現金売り、掛け値なし』だ。おめぇが金さえ持っているなら、売り惜しみなどするもんかい」

「金ならあるよ」

女はそう言って懐から重そうな巾着《きんちゃく》を取り出した。中には銭ばかりでなく一朱金

（一六分の一両）もまざっている。このふくらみ具合では一両くらいありそうだ。

　夜鷹に不釣り合いな大金を見て、六助は用心のひもを締め直す。

「そいつぁ豪気だが、最初《はな》に言った通り振袖はありゃしねぇんだ。袖の短いもんでよければ、好きなやつを売ってやるよ」

　すると、女は血走った目で見世の中を引っ掻《か》き回す。だが、熨斗《のし》模様の振袖はすでに売れてしまっている。いくら探しても無駄な話だ。

「……どうだい。振袖なんかねぇだろう」

　腕を組んで念を押せば、女の顔がくしゃりとゆがんだ。

　土手の古着屋は数多いが、振袖を扱う見世はめったにない。しおれきった様子を見て、つい余計なことを聞いた。

「おめぇさんは何だってそう振袖にこだわるんだい。どう見てもそんなもんを着る年じゃねぇだろうに」

「あたしゃこれでも嫁入り前でね。振袖を着てどこが悪いのさ」

　射るような目で睨《にら》まれて、おっかねぇなと首をすくめる。

「理屈はそうかもしれねぇが、傍目《はため》にゃ何ともへんてこだぜ。おめぇさんが袖の短い地味なきものを着てみねぇ。そんじょそこらじゃ見当たらねぇ乙《おつ》な年増の出来上がりだ。懐にゃ銭もあるんだし、もっとまともな暮らしだってできそうなもんだがな」

「あたしゃ十四からこっち、ずっと客を取って生きて来たんだ。べらぼうな年季が明けて、ようやく自由になれたんだもの。稼いだ金で何を着ようと、どうしようと、あたしの勝手じゃないか」

言い返された言葉の中身で岡場所上がりと察しがついた。

これほどの器量をしていたら、数年前までそれなりに売れっ子だっただろう。年季が明けたら一緒になろうと言い寄る男もいたはずだ。それを全部袖にして、わざわざ夜鷹になるなんて。

いつの間にか六助は「ここでそんなもんを着ていたら、危なくって仕方がねぇぞ」と説教を始めていた。

女の着ている振袖は傷《いた》んで汚れているとはいっても、もとは十分高価なものだ。今だって二百文や三百文なら、引き取る古着屋もあるだろう。

一方、世の中には、か弱い女を犯した挙句、殺してきものをむしりとる血も涙もない奴がいる。まして相手が夜鷹となれば、ためらうことはないはずだ。

私娼《ししょう》は法を犯しているから、どれほど無残に殺されたって町方役人は気にも留めない。下手をすれば、野ざらしにだってなりかねなかった。

「だからよ、その恰好で客を取るのはやめておきな。この藍色の小紋なんざ、おめぇさんに似合うと思うぜ」

ついさっきまで関わり合いは御免だと思っていたのに、何を言っているんだろう。手ごろなきものを差し出しながら、六助は自分の行いに首をひねった。

このまま見て見ぬふりをして、あっさり死なれたら後生《ごしょう》が悪い。そんなことを考えるほど、自分は人がよかっただろうか。

そのときふと、昨日余一に言われたことを思い出した。

――運のねぇ女なんて掃いて捨てるほどいるじゃねぇか。こんなところで同情したって、むこうは痛くもかゆくもねぇよ。

どうやら、自分は言われたことをひそかに気にしているらしい。苦笑いを浮かべたとたん、不満げに両手を振り回された。

「あたしが着たいのは、そんな年増の着るようなもんじゃない。着ているだけで心が浮き立ってくるような華やかな振袖が欲しいんだ。今はないというのなら、早いところ仕入れておくれよ」

「うちみたいな床見世にそうそう振袖が回って来るか。そんなに振袖が欲しいなら、もっとちゃんとした店に行け」

「ふん、柳原の夜鷹に振袖を売ってくれる古着屋が土手の他にあるもんかい」

女はそう言って踵《きびす》を返すと、東に向かって歩いて行く。ひと仕事始める前に腹ごしらえをするつもりなのか、それとも別の用なのか。

きっと、幼いうちに女郎屋へ売られたせいで、家事や裁縫といった暮らし向きのことは何ひとつできないのだろう。せめて人並みのことを仕込まれてから女郎になっていれば、客の男と所帯を持つこともできたはずだ。そんな女にとって、金持ち娘の長い袖は憧《あこが》れだったに違いない。

――あたしゃこれでも嫁入り前でね。振袖を着てどこが悪いのさ。

恋のいろはも知らないうちから女にさせられたことを思えば、笑うに笑えない台詞《せりふ》である。吉原ですら、振袖を着るのは水揚《みずあげ》前の生娘《きむすめ》だけだ。求愛に応《こた》える長い袖は、男を知らない証《あかし》だった。

とはいえ、そんな恰好をしたところで、過ぎた昔は戻って来ない。夢を見るなと諭《さと》すのはあまりに酷な話だろうか。

陽気が良くなるとおかしな気分になるというのは、案外本当らしい。いつもと違う心の動きに六助が首をかしげたとき、再び「こんにちは」と声がした。

今度はなんだと顔を上げれば、大隅屋の倅《せがれ》、綾太郎が女連れで立っていた。

「ご商売の邪魔をして申し訳ありませんが、ちょっとそこまで付き合ってもらえませんか」

三

やけに下手《したて》に出られてしまい、少なからず面食らう。

盗品を扱っているという疑いは、余一の腕を知ったことできれいに晴れたはずである。ついでに吉原でしてやられ、縁が切れたと思っていたのに。

この若旦那は何を言い出すかわからねぇから、苦手だぜ。

その昔、盗品を扱っていた六助は気を引き締めて綾太郎を見上げた。

「今日は何のご用でしょう」

どうやら用心していることがむこうにも伝わったらしい。苦笑いを浮かべて、「その節はすまなかったね」と謝られた。

「でも、今日はあたしの用じゃなくて、こちらの御新造さんの頼みなんだ。もちろん、商売の邪魔をするんだ。タダでとは言わないよ」

そう言って懐紙に包んだ金を差し出されれば、こっちとしても嫌とは言えない。綾太郎の後ろに立っている女にちらりと目をやった。

年の頃なら四十前後で顔立ちは整っているものの、醸し出す気配がどことなく暗い。だが、分別だけはありそうだから、若旦那や振袖夜鷹のように無茶苦茶なことは言わないだろう。

「すまねぇが、一刻（約二時間）ばかり見ていてくれ」

隣りの長吉にそう頼み、綾太郎の後をついて行く。

それにしても、この女は若旦那の親戚だろうか。金のありそうな御新造が土手の古着屋に何の用だ。六助が思いを巡らしている間に、三人は米沢町の料理屋に到着した。

「実はおまえさんを見込んでこの方をお連れしたんだ。骨の折れる探し物だが、おまえさんならできるだろう」

座敷に腰を落ち着けるなり、せっかちな若旦那が用件を切り出す。「まずはどこのどなたか教えてくだせぇ」と言うと、後ろで控えていた女が膝《ひざ》を進めた。

「私は、田所町で小間物を商います風見屋《かざみや》の主人で理恵《りえ》と申します。ぶしつけなお願いとは存じますが、あなた様には二十年前に大隅屋さんで誂えました私のきものを探していただきたいのです」

二十年前といえば、目の前の女がまだ娘時分の話だ。「そんな古いきものを今さら

探してどうなさるんです」と尋ねたら、

「いい年をして愚かな真似《まね》をするとお思いでございましょう。ですが、かつて手に入れられなかったものだからこそ、どうしても手に入れたいのです」

言われたことの意味がわからず、六助は綾太郎のほうを見る。大隅屋で誂えた自分のきものが手に入らなかったとはどういうことか。

すると、若旦那が代わって話し始めた。

「そのきものが仕立て上がる前に、御新造さんの家が火事にあってね。身代とご両親を失ってしまわれたんだよ。もちろん前金はいただいていたけれど、残りの代金をもらえなければ、きものを渡す訳にはいかない。そのときは御新造さんに諦《あきら》めてもらうしかなかったそうだ」

新しいきものを誂える場合、客は代金の半分を事前に支払い、きものを受け取ったときに残金を払うのが慣例である。さりとて事情が事情のせいか、若旦那は気まずげだ。そこへ、理恵が口を挟んだ。

「たとえ大隅屋さんのお情けで頂戴《ちょうだい》できたとしても、あの頃の私は着ることができなかったでしょう。引き取ってくれた親戚に取り上げられたに決まっています」

断固とした相手の言葉を六助は意外な思いで聞いた。見た目と違って、言いたいことははっきり言う女らしい。

　しかし、事情はわかっても、今になってそんなものを探そうとする気持ちのほうはわからなかった。

「で、そいつを探し出してどうしようっていうんです。二十年も前のものなら、どうせくたびれておりやすよ。誰かの形見ってことでもなし、いっそ、新しいもんを誂えたほうがいいと思いやすが」

　金に困っていたときに手放したきものを取り戻したい――そういう相談なら、前にも受けたことがある。しかし、それらは誰かの形見で、手放して一、二年というのがほとんどだった。

　今回は二十年も前の話で、新品のまま手放している。壺《つぼ》や掛け軸ならば二十年でも三十年でもたいして変わりはないだろうが、きものは違う。今ではすっかり擦り切れて、まるっきり別の品――袢纏《はんてん》や子供の晴れ着あたりに仕立て直されているかもしれない。

　そんなものを探せだなんて無理な注文もいいところだ。こちらの腹を察したらしく、理恵は深々と頭を下げた。

「なにぶん古い話の上に手がかりがろくになくてご苦労をおかけいたしますが、なにとぞお力をお貸しください」

「手を上げておくんなせぇ。それにしたって、袖を通していないきものにどうしてそこまでこだわるんです」

「ですから、先ほども申しました通り……着られなかったきものだから、諦めることができないんです」

小さな声で呟いたのち、理恵は自分のこれまでを語りだした。

実の両親は浅草で小間物屋を営んでいたが、暮れに起こった火事で店は全焼し、両親や奉公人はすべて焼け死んだ。たまたま親戚のところに泊まりに行っていた理恵ひとりが生き残った。

「大隅屋さんに頼んであったのは、私の正月の晴れ着でした。東雲《しののめ》色の地に白い梅を描いた振袖で、仕立て上がる日を心待ちにしていたんです。火事が起こる数日前に染めが終わったと聞いて、母と一緒にお店まで見に行きました。あてて見せたら、よく似合うと母がほめてくれて……あのきものの柄と母の笑顔は今でもはっきりこの目に焼き付いております」

遠い昔を思い出したらしく、理恵がそっと目頭を押さえる。その数日後に起こった悲劇も思い出したのかもしれない。

火事のあと、理恵は親戚に引き取られ、奉公人同様の扱いを受けることになった。不服を言おうものなら、「女郎に売られないだけましと思え」「誰のおかげで飯が食えると思っているんだ」とののしられたという。

「そんな毎日に嫌気がさし、どうして自分は火事の晩に出掛けたりしたんだろう。あのとき親と一緒に焼け死んでいれば、こんな思いをすることはなかったと、どれほど後悔したかしれません。いっそ首でもくくろうかと何度も思いましたが、それはそれであの世の両親が悲しむでしょう。泣きの涙で五年が経《た》った頃、死んだ亭主が私を見初め、嫁に欲しいと言ってきたのです」

そのとき、四十過ぎの風見屋は後添《のちぞ》いを探していた。二十三の娘にとって心躍る縁談とは言い難かったが、身内にこき使われる立場から抜け出せるのはありがたかった。

これでようやく人並みになれる――理恵はそう思っていたが、淡い期待は嫁いでそうそう裏切られた。風見屋は自分の女房を金のかからない奉公人、跡継ぎを産ませるための道具としか見ていなかった。親のいない理恵に目をつけたのも、こき使ったところで文句を言わないだろうと思ったからだ。

「亭主は一代で風見屋をつくった人ですから、たいそうしまり屋でした。私の前にも何人か後添いが入ったようですが、人使いの荒さに耐えかねて、みなすぐに出て行ったと嫁いでから知りました。私も逃げ出したかったけれど、帰る家とてない身です。子はまだかとののしられながら、ひたすら耐えるしかありませんでした」

耐え忍ぶだけの夫婦の暮らしが十年以上続いた末、おとおし風見屋が卒中で亡くなった。その後は理恵が跡を継ぎ、立派に店を切り盛りしている。

「初めのうちは商売の勝手がわからず無我夢中だったのですが、近頃になってようやく自分のことを考える暇ができました。そうしましたら、朝に夕にあの振袖が思い出されてなりません。あのきものは私にとって、しあわせだったころの形見でございます。どうぞ見つけてやってくださいませ」

再び深々と頭を下げられ、六助は困惑してしまった。

「御新造さんの気持ちはわかりやした。けど、櫛《くし》や簪《かんざし》と違って、きものは二十年もたてばくたびれちまう。うまく見つかったとしても、がっかりするのは目に見えておりやす。第一、振袖なんぞ、今さら着られやしねぇでしょう。それでも欲しいとおっしゃるのなら、いっそ新しく誂えればいいじゃねぇですか。どんなきものの柄だったか、はっきり覚えていなさるんでしょう」

困惑顔で繰り返すと、綾太郎が横からしゃしゃり出た。

「ところが、それじゃ駄目なんだよ」

「どうしてです」

「御新造さんから相談を受けたとき、あたしも同じことを思ってね。去年の暮れにうちで同じ柄の振袖を誂えたんだ。ところが、仕上がったものを見て、どことははっきり言えないが、何かが違うとおっしゃったんだよ」

理恵はきものの柄をよく覚えていた。注意深く仕立てたきものは、二十年前に作った品と同じものになるはずだった。

しかし、きものを見たとたん、はっきり落胆の色を見せた。

――せっかく仕立てていただきましたが、このきものは色や花の具合が少し違ってしまったようです。

なにぶん、理恵の覚えている色や柄を頼りにつくったものだから、本人に違うと言われればどうしようもない。それにすべて手仕事のため、微妙な色あいや図柄の違いは避けられないものである。

客のがっかりした様子に綾太郎は焦ったが、理恵は特にごねもせず、代金を払ってその振袖を引き取った。

それが、初午の数日後。

――若旦那、見つけました。

血相を変えた御新造が大隅屋に駆け込んで来たのである。

初午祭りは江戸に数多《あまた》ある稲荷《いなり》神社で毎年盛大に行われる。そのにぎわいに誘われて理恵が近所の三光《さんこう》稲荷に出向いたところ、かつて手放したのと寸分変わらない振袖を着て娘が歩いていたという。

「きっと、お稲荷様の御利益《ごりやく》があったのでしょう。あの人混みの中でも、ひと目でそうだと気付きました。すぐさま後を追おうとしたのですが、あいにく見失ってしまって……でも、あのきものは紛れもなく親が誂えてくれた私の振袖です。そう思ったら、居ても立ってもいられなくなりました。確かにあるとわかったからには、何としても手に入れたいのです」

「はあ」

興奮のあまり頬《ほお》を染めた相手を前に、六助は気のない声を出す。東雲色の地に白い梅の柄はめずらしくない。きっと、似たようなきものを勘違いしたのだろう。だいたい、今さら娘時代の振袖を手に入れてどうしようというのだろう。撫《な》でさすってみたところで、面白いとも思えない。振袖夜鷹といい、理恵といい、どうして女は似合わないとわかっていて振袖に執着するのだろうか。口には出さずに呆《あき》れていたら、なぜか綾太郎が笑顔で続けた。

「御新造さんがおっしゃるには、そのきものはさほど古びていなかったそうだ。二十年も前のきものがきれいだったということは、きっとおまえさんの知り合いが関わっているに違いない。この話を聞いたとき、あたしはすぐにぴんと来たんだ。それなら、すぐに見つかるってね」

もし関わっていなくても、奴ならなんとかしてくれるだろう。首尾よく行けば、手間賃は弾むから——と続けられ、ようやくすべてが腑《ふ》に落ちた。

気位の高い若旦那は、余一にやり込められたことを根に持っているらしい。恐らくどんなきものでも御新造が納得しないことを承知の上で、二十年前のきものを探せと頼みにきたに決まっている。

金になるなら仕事の中身は問わないほうだが、徒労に終わるとわかっていて手を出すほど間抜けではない。これから出されるであろう料理を諦め、六助は立ち上がった。

「あいつは古着の始末はしやすが、他のことにはてんで役に立たねぇんです。期待はしないでくだせぇよ」

素っ気なく言い捨てて、料理屋を後にした。

四

数日後、風見屋の女主人はひとりで柳原に現れた。六助から何の連絡もないと知って、このままでは埒《らち》が明かないと思ったらしい。

「今日は、暮れに誂えたきものを持ってまいりました。言葉で説明しただけでは、どんなきものかよくわからないだろうと思いまして」

差し出されたうこん染めの風呂敷を広げると、春の気配を感じさせる東雲色の地に可憐《かれん》な白梅がそこかしこに踊っている振袖が出て来た。嫁入り前の娘が着るには、ちょうど手頃な晴れ着である。

「いいきものじゃありやせんか。こいつのどこがいけねぇんです」

「どこも悪いところはございません。私の覚えている品とどこかが違うというだけです。どうかこれとよく似たきものを探してやってくださいませ」

そう語る理恵は、上品な梅鼠《うめねずみ》と黒のごく細かい市松模様の小紋を着ていた。丸髷も小ぶりに結ってあり、小間物屋の女主人にしてはいささか地味な装いである。うっすら微笑《ほほえ》む目尻には細いしわが刻まれていた。

夫が死んでから店を切り盛りしているくらいだから、理恵は本来、分別のある頭のいい女なのだろう。にもかかわらず、手に入らなかった振袖に固執し、同じものを誂えても満足できずにいる。

夜鷹の振袖同様、四十近い理恵がこんなきものを着ようものなら、周囲は何事かと思うはずだ。朝晩眺めて楽しむだけなら、これで十分ではないか。六助がそう言おうとしたとき、先日の振袖夜鷹がふらりと見世にやって来た。

「ねぇ、振袖はまだ入らないの」

その声につられて振り向いた理恵が顔を引きつらせるのがわかった。

いくら柳原が夜鷹の名所でも、まだ陽の高い八ツ（午後二時）過ぎである。こんな女に出会うとは思っていなかったのだろう。

「あいにくまだ入っちゃいねぇ。とっととけぇんな」

犬でも追い払うように手を振れば、「ふん」と大きく鼻を鳴らして女は去って行った。むこうはむこうで、いかにも堅気の御新造らしい理恵に気おくれしたとみえる。

「あの、今の方は」

「へぇ。近頃この辺りで評判の振袖夜鷹と呼ばれる女で。己の年も顧《かえり》みず、長い袂をひるがえしてここらを歩いているんでさ」

頭をかいて説明すれば、理恵が神妙な顔をして己の胸に手を当てた。

「……何となく、わかるような気がします」

ひとり納得されてしまい、束の間《つかま》返す言葉に困る。

立派な店の女主人に夜鷹の事情などわかるはずはない。六助はそう思ったが、理恵はきっぱり断言した。

「あの人にとっても、振袖はしあわせの形見なのですね。どれほど滑稽《こっけい》に見えたとしても、それなくしては生きていけないものなのでしょう」

どうやら我が身と重ねあわせてわかったつもりになっているらしい。その思い込みが妙にこっちの癪《しゃく》に障《さわ》った。

理恵だって人並みに苦労はしただろう。だが、十八まではお嬢様暮らしをしていたはずだし、親と死に別れてからも身を売ることはしなくてすんだ。振袖夜鷹のつらさなど到底わかるはずもない。

「御新造さんとあの女じゃ立場がまるっきり違いやす。あまり知った風な口を利かねぇほうがいいと思いやすがね」

「その言葉、男のあなたにそっくりそのままお返ししましょう」

立場は違っても同じ女、男よりはわかると言いたいらしい。一見おとなしそうに見えても、そこは商家の女主人だ。目を尖《とが》らせるこっちに構わず、理恵は言葉を続けた。

「女にとって、きものは単なるものじゃないんです。それをなくしてしまったら、自分が自分でなくなることさえあるんですよ」

「だが、御新造さんの探しているのは、もともとなかったもんでやしょう。今になって手に入れて、どうしようというんだか」

突っかかるような口を利いても、相手はびくともしない。胸を張って言い切った。

「ですから、私はあのきものを手に入れない限り、本当の私に戻れないんです」

その言葉の真意を摑《つか》みかねている間に、理恵は振袖を包み直すと頭を下げて帰って行った。

女というのはよくわからない。きものなんて年とともに似合うものが変わって来るし、どれほど大事にしていても、いずれは着潰《きつぶ》してぼろとなる。果ては座布団の皮や雑巾《ぞうきん》となるものに、どうしてそこまで思い入れるのか。

恐らくそのせいなのだろう。女のきものにはいろいろ憑《つ》いていることが多い。まったく難儀なことだと六助は頭を振った。

そもそも古着屋を始めたのは、盗品を売りさばくためだった。それが裏の連中と切れてまっとうな品だけ扱うようになったのは、盗品から女の断末魔が聞こえてきたり、子供のきものから母親を呼ぶ泣き声が聞こえ始めたからである。

どんな悪党にも、捨てきれない良心はいくらか残っているものだ。四六時中恨みを訴える盗品の声にまいっていたら、余一の育ての親が足を洗う手伝いをしてくれた。その男はきものの柄も描くし、染めもできる。染み抜きもすれば、仕立ても名人というたいした職人で、足のつきそうな値の張るきものを仕立て直す仕事をしていた。

あのときは、なぜ力を貸してくれるのか不思議だったけれど、あとで余一のためだと思い当たった。出会ったとき、むこうは今の自分と同じくらいの年で、余一はてんで頼りない餓鬼だった。そして、何を思ったか、まだ若い六助を「とっつぁん」と呼んだ。

初めてそう呼ばれたときは、くそ生意気な餓鬼だと思った。おめぇのようなでかい餓鬼がいてたまるかと怒りもした。

だが、そのうち――あぁ、この子は誰かを「とっつぁん」と呼びたいのだ――とわかってからは、好きなように呼ばせておいた。

幼い余一は育ての親を「親方」と呼んでいた。実際、「親」というよりも「親方」だったと六助も思う。衣食住の面倒は見てもらっても、厳しく仕事を仕込まれて、しくじれば容赦なく引《ひ》っ叩《ぱた》かれる。口ごたえをすれば怒鳴られ、泣けばさらに叩かれた。

あいつはいつも口を一文字に引き結んでいたものだ。

その一方で、血も涙もない育ての親が、隠れて盗品の始末をしていたことを今も余一は知らないはずだ。奴が一人前になってからも、そういう汚い仕事は手伝わせなかったことを六助は知っている。

たとえ、どんな理由があろうと、やったことは消えない。

余一とその育ての親に巡り合っていなかったら、今頃自分はどうなっていただろう。

ふと、そんなことを思いかけて――六助はすぐにやめてしまった。


その後、理恵はともかく振袖夜鷹は毎日のように顔を出したが、二月の末にぱたりと姿を見せなくなった。すると、今度はほっとしたような、拍子抜けしたような気持ちになるのだから、人の心は面倒くさい。

落ち着かない思いで行き交う人を眺めていたら、長吉に声をかけられた。

「六さん、そわそわしてどうしたのさ」

「いや、ここんとこ振袖夜鷹を見ねぇから、気になってよ」

何の気なしに答えた刹那《せつな》、隣人の顔がこわばったのを六助は見逃さなかった。

「……おめぇ、何か知ってんのか」

「な、何のこったい」

「とぼけんのもたいがいにしろっ」

怒って胸倉を摑んだとき、相手の見世の隅にある風呂敷包みが目に入った。よほど急いで丸めたらしく、中のきものが風呂敷の端からのぞいている。その色と柄に気が付いて、六助は声を張りあげた。

「おい、こりゃ何だっ」

止める長吉を振り払い、強引に中身を検《あらた》めれば――出て来たのは、夜鷹の汚れた臙脂色の振袖だった。

「これをどうやって手に入れた。嘘をついたら、承知しねぇぞ」

あの女が大事にしている振袖を手放すはずはない。血相を変えて詰め寄れば、相手は「勘弁してくれ」と泣き声を上げた。

「三日前、見かけねぇ浪人が捨て値でいいと持って来たんだ。六さんのところにちょいちょい来ていた夜鷹のもんだと、今さっき気付いたんだよ」

「そんな言い訳が通ると思ってんのか。盗品と知って買い取れば、後ろに手が回ることくれぇ先刻承知のはずだろう」

これがよくある縞《しま》ものなら、気付かなかったと言われても信じる余地はあっただろう。だが、ものは絞りの振袖である。どの面下《つら》げてと怒鳴りつけたら、急に居直ったような口調になった。

「……じゃあ、六さんだったら、その浪人をとっ捕まえて番屋に突き出したっていうのかよ」

「なに」

「相手は頭のたがが外れた夜鷹じゃねぇか。お恐れながらと訴え出たって、役人だって相手にしねぇ。そんな女に義理立てしてこっちの身を危うくするなんて、おいらはまっぴら御免だね」

　苦いものを吐き出すように険しい顔で長吉は言う。それは柳原で古着を商う者として、当然至極の考えだった。六助自身、振袖夜鷹の本名も住まいも知らない。どこの誰が襲われたのだと聞かれたところで、返答に困るだけである。

「それに、ここらに持ち込まれる上物は出所の怪しいもんが多い。そいつを扱わねぇで、どうやって儲《もう》けろっていうんだい」

　危ない橋を渡らなければ、一生床見世止まりだと長吉は決めつける。まだ若く女房子供のいる相手は、いずれちゃんとした店を持ちたいと前から言っていた。

「六さんだって、遠からずこうなると思っていたんだろ。振袖を着て柳原で客をとりゃ、殺されたって構わねぇと言いふらしているようなもんじゃねぇか。今ごろになって顔色を変えるなら、力ずくで止めていりゃあよかったんだ」

だから、自分は悪くないと唾を飛ばして言い張られ、六助は言い返すことができなくなった。

確かに、自分だっていずれはこうなると思っていた。その上で放っておいたのだから、長吉を責めるのは筋違いなのかもしれない。

しかし、今はどうにもやりきれなかった。

きっと客の男に襲われて、金ときものを奪われたに違いない。亡骸《なきがら》は川に捨てられたのか、人目につかないところに埋められたのか。いずれにしてもひどい死に方をしたはずなのに、形見となった振袖から恨みの声は聞こえなかった。

あの気の強い女のことだ。殺してもらって助かったとあの世でうそぶいているのだろうか。六助はひとつため息をつき、改めて長吉を見た。

「これをいくらで買ったんだ」

こちらの問いに最初《はな》は一両とか二分とか言っていた隣人の声は、返事をしないでいるうちにどんどん小さくなっていった。

「で、結局いくらだったんだ」

「……三十文」

とうとう気まずそうに白状したので、六助は三十文を投げつけた。

「なら、俺が買う。文句はねぇな」

「じょ、冗談じゃねぇ。これじゃおいらの儲けが」

気色《けしき》ばんだ長吉に「うるせぇ」と一喝する。

「このきものには物騒なものが憑いているから、俺が引き取って供養してやると言っているんだ。このまんまにしておいたら、おめぇはこいつに取り殺されるぞ」

低い声で脅しつければ、相手の顔から血の気が引く。その後、見世仕舞いをして長屋に戻った六助は、振袖だけを持って余一の長屋に向かった。

五

白壁町の櫓《やぐら》長屋は二階建ての立派なもので、余一以外の住人は金回りのいい連中――旦那持ちの女や、所帯持ちの通い番頭《ばんとう》、近頃流行《はやり》の心学《しんがく》の先生――といった面々である。そういう奴らにしてみれば、余一はさぞ場違いな店子《たなこ》に映るだろう。

勝手知ったる他人のうちを六助は勝手に上がっていく。

「邪魔するぜ」

下駄を脱いで声をかけると、奥の襖《ふすま》ごしに余一が顔を出した。

「今日は何だい」

「こいつをきれいにして欲しいのさ」

そう言って持参のきものを広げると、余一がかすかに眉をひそめる。

「またずいぶんと汚れているな。せっかくの柄ものびちまっているし」

「仕方ねぇだろ。夜鷹の晴れ着なんだから」

そして事情を打ち明けて、手を合わせてから付け加える。

「本人は土手のどこかで冷たくなっているはずだ。俺はあいつの名も知らねぇから、せめてこいつを清めて供養替わりにしてぇんだ」

すると、余一が意外そうな顔をした。

「とっつぁんがそんなに情に厚いとは知らなかった」

「おきゃあがれ。俺にだって血も涙もあらぁ」

きものを奪ったという浪人は、相手の顔など見なかっただろう。暗がりで袖をひく女が分不相応なきものを着ている。ただそれだけで手にかけたのだ。

あんな恰好をしていなければ。いや、そもそもあんなところで客を取ったりしなければ、むざむざ殺されずにすんだろうに。おまけに、殺されてなお顧みられないなんて……あまりに哀れではないか。

「詳しい生い立ちは知らねぇが、ずいぶん苦労をしてきたらしい。それをわかるような気がするなんて、知った風な口を叩きやがって」

夜鷹のことを話すうち、不意に風見屋の女主人を思い出した。年相応の丸髷姿は、振袖夜鷹と正反対だ。それでも、理恵は「気持ちはわかる」と言い張った。

なるほど、理恵だって予想外の苦労はしてきただろう。だが、人並みに嫁に行き、今では立派な女主人だ。

親に売られて女郎となり、年季明けに夜鷹となって、果ては無残に殺された女とは、天と地ほども違いがある。腹立ちまぎれの呟きは余一にちゃんと聞こえたらしい。

「何のことだ」と改めて聞かれた。

正直、理恵と綾太郎のことは教えるつもりはなかったのだが、ここまで来たら仕方がない。持ち込まれたおかしな頼みを洗いざらいぶちまけた。

「こっちも妙な話でさ、二十年前の振袖を見つけ出したいっていうのさ。壺や茶碗ならいざ知らず、きものじゃぼろになっているから諦めろと言ったんだが、いっこうに聞きやしねぇ。挙句、その振袖を着た娘を三光稲荷で見かけたと言い出す始末だ。しかも、ごく新しいもんに見えたから、おめぇが手をかけたに違いないと大隅屋の若旦那が言い出して……まったく、付き合い切れねぇや」

最後に肩をすくめると、手の中の振袖を確かめていた余一が顔を上げた。

「それはどんなきものだい」

「東雲色の地に白い梅の柄だとさ。二つとねぇような柄ならともかく、ごくありふれたもんだもの。見間違えたに決まってらぁ。それなのに、新しく誂えたものじゃ気に入らないというんだから」

万が一見つかったって、四十近い女が着られるもんかと付け加えると、余一が広げたままの振袖をいとおしそうに撫でた。

「その御新造さんにとって、若いときに着られなかった振袖は特別な意味があるんだろう。そいつを手に入れないことには、どうにもおさまりがつかないのさ」

ここでも勝手に納得されて、こっちのほうが戸惑ってしまう。

「だからって、どうやって探す気だい。いくらおめぇがきもののことに通じていても、失《う》せもの探しは」

「おれの考え通りなら、何とかなると思う」

「本当かよ」

思ってもみない答えを聞いて、六助は目を丸くする。

いくら報酬が高くても、できっこないと思ったから手を出す気にはなれなかった。が、どうにかなるとわかっていれば、儲けを見逃すことはない。

「この振袖の洗いより、そっちの振袖のほうが手っ取り早く何とかなりそうだ。その人は田所町の風見屋の御新造さんだな」

「そうだが、大隅屋の若旦那も絶対に立ち会うぜ。あのお人はおめぇにやり込められたことをいまだに根に持ってんだから」

あらかじめ教えておいたほうがいいだろう。そう思って言ったのだが、余一はまるで意に介さない。これでは若旦那も立つ瀬がないなと気の毒になった。

「なら、用意ができ次第とっつぁんに連絡するから」

まるで物見遊山《ものみゆさん》の約束をするような軽い調子で言われ、六助はいっそう不安になった。この男は本当に事情がわかっているのだろうか。

「そんなことを言って、きものの当てはあるのかよ」

「あるから言ってんのさ。心配するなって」

肩を叩いて請け合われたが、どうもすっきりしなかった。

理恵は自分の記憶を頼りに誂えたきものですら満足しなかったのだ。三光稲荷で見たというきものだって、よくよく見たら違っていたということになりかねない。

にもかかわらず、見つけられると請け合って本当に大丈夫なのか。不安な思いを抱えたまま、六助はひとり長屋を出た。

六

三日後、「支度ができた」と知らせると、理恵も綾太郎も飛んできた。

「本当に見つかったんですか、あのきものが。しかも、こんな早くに」

御新造は期待に頰を紅潮させているが、若旦那は不審顔を隠さない。こんなに早くというより、見つかるはずがないと決めてかかっているようだ。

実のところ、六助も今度ばかりは自信がなかった。日頃きものに関することは余一に任せきりである。親方譲りの腕を持つ男が「大丈夫だ」と請け合って、不首尾に終わったことはない。

だが、今度は始末ではなく、きもの探しが眼目だ。それがどんなものかろくに知らないはずなのに、どうやって探し出したのか。ひそかに風見屋の周囲を調べ、何か手がかりでも得たのだろうか。

昨日、余一に「支度ができた」と言われたときも納得しかね、さらに詳しく聞こうとしたら、「だったら、やめるか」と言われてしまった。

「おれに任せられないというのなら、やめたっていいんだぜ。とっつぁんはどうしたいんだい」

そんなふうに言われれば、金になるほうに賭《か》けるのが六助である。こいつは口から出まかせを言う奴じゃない……と信じる一方、不安も捨てきれずにいた。

「こんな狭いところにお呼びして、申し訳ありやせん」

六助の長屋で客を出迎えた余一はぬけぬけと言い放つ。自分の住まいをけなされて、狭いところで悪かったなと内心むっとしてしまう。

ひとり暮らしで二間《ふたま》あったら、並みより広いほうである。仕事場のいるそっちと違って、こっちは寝床があればいい。陰で文句を言っている間に、若旦那と御新造が畳の上に上がり込む。

「それで、どうやって見つけたんだい。詳しいところを話してもらおうじゃないか」

よほど信じられないのだろう。若旦那が真っ先に聞く。余一は落ち着き払ってうなずいた。

「ですが、まず肝心のきものを御新造さんに見ていただいたほうがいいんじゃねぇかと思いやす。いかがでしょう」

　水を向けると、理恵が目を輝かせる。

「ええ、お願いします」

　そう言われるのを待っていたように、余一が奥の襖を開ける。いつもと違う光景に、六助は思わず目をこすった。

　自分の長屋の奥の部屋は商売ものの古着であふれ、足の踏み場もないはずである。いったい、いつ片付けたのかと場違いなことを考えた。

　今はその部屋の真ん中に――東雲色の地に白い梅が描かれた振袖を着た娘が、こちらに背を向けて立っていた。

「どうです、御新造さん」

　ややあって、最初に声を発したのは余一だった。理恵は魅入《みい》られたように目の前の立ち姿を見つめている。再度「御新造さん」と声をかけられ、ようやく震える声を出した。

「……そうです、これです。このきものです……」

　今にも泣き出さんばかりの表情で理恵は何度もうなずいた。一方、隣りの綾太郎は怪訝《けげん》な表情を浮かべている。

「御新造さん、本当にこのきものですか。見間違いということはないんですか」

「これです。私がずっと欲しかったのは……十八で手に入れ損ねた振袖は、これに相違ございません」

そう言ったときの理恵の表情は、まるで生き別れた我が子と巡り合った母親のようだった。すぐさま駆け寄って抱きしめたいのに、近づいたとたんに相手が消えてしまうんじゃないかと恐れているような様子である。

細かい事情はわからなかったが、肝心の依頼主がこれほど喜んでいる。まずはよかったと思ったものの、綾太郎が何か言いたそうなのが気になった。

すると、余一がこっちの思いを察したように若旦那に声をかける。

「どうやら大隅屋の若旦那は納得されていねぇようだ。このきものはお気に召しませんかね」

意味ありげな目を向けられて、綾太郎は一瞬ためらってから口を開いた。

「気に入らない訳じゃないけど、納得はしかねるよ。御新造さん、本当にこのきもので間違いはないんですか」

再度の念押しが少々癇《かん》に障ったらしい。興奮のあまり立ち上がった理恵が、顔をしかめて綾太郎を見下ろす。

「さきほどから、このきものに間違いないと申し上げているではないですか。若旦那こそ、どうしてそのように疑われるのです」

きっとなった女の声に口をつぐんだ若旦那に代わり、今度は余一が応えた。

「そりゃあ、若旦那にしてみたら無理のねぇ話でしょう。これは去年の暮れに、御新造さんが大隅屋で誂えたきものですから」

一度は「どこかが違う」と言われた品を「間違いない」と言われたんじゃ、立場がありませんからねと続けられ、六助は開いた口がふさがらなくなった。

「余一、こいつぁどういうことだ。おふざけにしたって性質《たち》が悪いぜ」

「ふざけてなんかいねぇよ。おれは御新造さんが探しているきものを見つけてやっただけだ。本人だって、これに間違いないとおっしゃっただろう」

こっちの文句を余一は涼しい顔で受け流す。こいつも人が悪くなったと恨みがましく相手を睨んだ。

「道理でこんなに早く見つけ出せたはずだぜ。おめぇは最初《はな》から探すつもりなぞなかったんだな」

「あるところがわかっているのに、どうして探す必要がある。それより、とっつぁんもこのきものを見ていたんだろう。一目見てそれと気づかねぇとは、古着屋六助も落ちたもんだな」

面憎《つらにく》いことを言われて「うるせぇや」と言い返す。こっちは最初《はな》から探す気などなかったから、ろくに見ちゃいなかったんだ。心の中で言い訳したら、「若旦那はすぐに気が付いたぜ」と嫌味な口を叩かれた。

「だが、どうして風見屋の御新造さんに教えてやらなかったんだい。そうすりゃ、勘違いすることもなかったろう」

余一の問いに、今度は綾太郎が口を尖らせた。

「あんな顔をされたんじゃ、うちで誂えたものだとなかなか言い出せないよ。それにしても、何だって御新造さんは」

と言葉を切ったところで、理恵は崩れるように座り込んでしまった。一時の高揚が過ぎ去ったせいか、ずいぶん年を取って見える。その頼りない肩を見下ろしながら「お糸ちゃん、もういいぜ」と余一が声をかけると、背を向けていた娘が満面の笑みで振り返った。

「余一さん、これでよかったかしら」

「ああ、上出来だ。おかげさんで助かったよ」

惚れた男にほめられて、お糸はさらに頬を染める。着ているきものより色づいた肌は、若い娘の輝きを存分に放《はな》っている。それには女の理恵ですら目を吸い寄せられたらしく、きものよりお糸の顔をじっと見ていた。

「繰り返しになりやすが、この振袖は風見屋さんから借りて来た御新造さんのきものです。おれが無理を言って内緒で借り出したものですから、奉公人の方たちを叱《しか》らないでやってくだせぇ」

その言葉に理恵は我に返ったようで、責めるような目で余一を見た。

「私は二十年前に誂えたきものを探してくれとお願いしたんです。それなのに、どうしてこんな真似を」

「六助とっつぁんから話を聞いて、御新造さんに納得してもらうにはこれしかねぇと思ったんです。実際、このきものに間違いないとおっしゃったじゃねぇですか」

「それは……」

何ともくやしそうに口ごもる相手に余一は続けた。

「人の覚えていることなんざ、たいして当てになりゃしねぇ。大隅屋で誂えたきものに納得されなかったという話を聞いて、御新造さんが探しているのは恐らくきものじゃねぇ。若い頃の自分だと察しをつけたんでさ」

だからこそ、初午の三光稲荷で、似たような振袖を着た娘の背中を追いかけたに違いないと。

「御新造さんが探していたのは、若い頃に着るはずだった東雲色の振袖だ。きものだけそっくりに仕立てたところで、若い娘が着ていなかったら同じに見えるはずがねぇ。そう思ったから、こうして着てみてもらいやした」

若い職人の指摘は理恵自身も気付いていなかったことらしい。無言でうなだれているさまは哀れとしか言いようがなかった。

――あのきものは私にとって、しあわせだったころの形見でございます。どうぞ見つけてやってくださいませ。

――私はあのきものを手に入れない限り、本当の私に戻れないんです。

苦しいばかりの日々の中で、理恵は何度となく梅の柄の振袖を着た自分の姿を思い描いていたのだろう。今は無理でも、いつかあのきものを手に入れてみせる。そんな思いで二十年を耐え忍び、いざ思うままのきものが誂えられるようになったときには、自分がすっかり変わっていた。

無論、頭の中ではわかっていたことだろう。四十近い女が東雲色の振袖を手に入れたって仕方がない。そう承知はしていても諦められなかった振袖は、輝いていた頃の自分を思い出させたに違いない。自分が欲しかったのはこんなものじゃない。そう思ってしまったから、大隅屋で仕立てたきものに納得できなかった。

ようやくしあわせを摑んでも、それは娘の頃に思い描いていたものとはだいぶ違う。その当たり前で残酷な事実を理恵はようやく受け止めたらしい。強《し》いて笑みを浮かべると、居並ぶ者たちに頭を下げた。

「このたびは年甲斐《としがい》もなく馬鹿なことを考えまして……みなさまにはいろいろご迷惑をおかけしました」

「御新造さん、手を上げてください。あたしがそれと、最初《はな》から気づいていればよかったんです」

「あ、あたしは、こんな立派な振袖が着られて、うれしかったですから」

綾太郎とお糸が慌てて口を開く。と、理恵は目を細めて娘を見た。

「お嬢さん、年はおいくつ」

「十八です」

「なら、私がそのきものを誂えた年と同じだわ。ちょうど寸法もいいようだし、それを差し上げます。どうぞ着てやってください」

とんでもないことを言い出され、お糸は急いで首を振る。「こんな高価なもの、いただけません」と断ったが、御新造は引かなかった。

「そんなことを言わないで。私には娘もいないし、娘時代のきものを手に入れたって仕方がなかったのよ。それなのに、馬鹿みたいにこだわって……そちらの余一さんのおかげでようやく目が覚めました」

分別顔でそう言ったとき、「別にやるこたぁねぇでしょう」と当の余一が口を挟んだ。

「確かに、御新造さんがそのまんま着る訳にはいかねえと思いやすが、きものが若すぎるというんなら、年を取らせてやればいい」

この言葉に「年を取らせるってなぁどういうことだい」と綾太郎が食いついた。

「なに、言葉の通りでござんすよ。長い袖だとまずいなら、袖を切ってしまえばいい。東雲色じゃ若すぎるというのなら、似合う色に染め直しをしてやりゃあいい。せっかく自分の寸法で誂えた品を人にやったら、もったいねぇじゃねぇですか」

余一の提案を聞いたとき、六助はふと振袖夜鷹のことを思い出した。もっと早く、あの女が納得するような気の利いたことを言ってやればよかった。失った若さは取り戻せなくても、代わりに得たものもあるはずだと。

だが、今となってはもう遅い。そんなことを思ったせいで、つい余計な口を利いてしまった。

「御新造さん、この男はきものの始末を生業《なりわい》としておりやして、きものを生まれ変わらせる腕についちゃあ、俺が保証いたしやす。ここは任せてやっちゃくれませんか」

どうやら、六助の「生まれ変わらせる」という言葉が効いたらしい。理恵はとまどいながらも、うなずいてくれた。

七

「それにしても、おめぇは変な野郎だな」

理恵と綾太郎、そしてお糸が帰ってから、六助は余一と酒盛りを始めた。儲かったと言って祝うつもりはさらさらなく、ただ無性に飲みたかっただけだ。結果、暮れ六ツ（午後六時）過ぎにはいい具合に酔っ払っていた。

「俺から話を聞いただけで、どうして御新造さんの気持ちがわかったんだ。俺はおめぇより二十年も長く生きているのに、まるで見当もつかなかったぞ」

濁った酔眼でじろりと睨めば、相手は飲んでいた湯呑を置いてこっちを見た。

「昔、おれも似たようなことを考えたからな」

「へ」

「五つか六つの頃、近所の餓鬼がさ、母親につくってもらったって新しい綿入れ袢纏の自慢をしていたんだよ。これを着るとちっとも寒くない、まるでおっかぁに抱きしめてもらっているみてぇだと得意顔で吹聴するから……そいつが袢纏を脱いだすきにくすねたことがあるんだ」

自分で言っていながら、照れくさいのだろう。どこか言いづらそうな余一を六助は意外な気持ちで眺める。

五つか六つということは、まだ六助と知り合っていない頃だ。人をとっつぁん呼ばわりする割に、いつもむっつり黙っているかわいげのねぇ子供だと思っていたが……人並みにそんな悪さもしていたのか。

上方から育ての親とともに江戸に来て、余一は人一倍さびしい思いをしていたはずだ。そんな子供が他人の母親が縫った袢纏に手を出すのは、無理からぬことだと思う。

「おめぇもかわいいところがあるじゃねぇか。それで、その袢纏は温かかったか」

「ちっとも。むしろ重くって仕方がなかった」

本当は温かいはずなのに、ちっともそうは感じられなかった。こしらえた母親が「この袢纏はうちの子のために縫ったんだ。おまえなんかのためじゃない」と怒っているような気がして、落ち着かなかったらしい。

「それでどうした」

「元あった場所にこっそり返しといた。むこうは遊びに夢中だったから、恐らくおれがくすねたことも気が付かなかったはずだ。帰るときになかったら、さぞかし慌てたこったろうがな」

なつかしそうに言ってから、余一は湯呑の酒を干した。

「そのとき、思ったのさ。きものってのは着る人と切り離せねぇ場合があるんだって。だから、風見屋の御新造さんは若い頃の自分の姿とそのきものをつなげて考えているんだと察しがついた」

どんなに大事なきものでも、いずれは着られなくなってしまう。ただし、込められた気持ちまで駄目になる訳ではない。

めずらしく熱弁をふるう相手に六助はうなずいた。

「そうだな」

そして、空の湯呑に酒を注いでやりながら、振袖夜鷹のことを思った。

ならば、あの女が振袖に込めた思いはいったいどこに行くのだろう。ふと頭の隅をかすめたが、口には出さなかった。

今さら何かわかったところで、相手は死んでしまっている。声をかけるのも、やり直すのも、生きていてこそできることだ。

「ところで、あのきものを着たお糸ちゃんはきれいだったなぁ。すっかり見違えちまったぜ」

湿っぽくなりそうな話題を無理に変えると、「そうだな」とそっけなく返された。

まったくこの野郎は女心にさといのか、鈍いのか、とんとわからない奴だ。

「お糸ちゃんはおめぇの前で艶姿《あですがた》を披露できて、喜んでいるだろう」

「あの子は何を着たってきれいだよ」

ぼそりと言われた一言に六助は開いた口がふさがらなくなった。

この男は、きものを思う女の気持ちはわかっても、自分を思う女の気持ちは永遠にわからないに違いない。


ひと月後、六助の長屋に再び理恵と綾太郎がやって来た。そして、余一が差し出したきものを見て、共に束の間声を失う。

「……これが、あのきものですか」

袖を切り、染め直したきものを前に、理恵は口元に手を当てた。恐らく、考えていた以上に見た目が変わっていたからだろう。

「東雲色に青をかけて、紫がかった夕暮れの色にしてみやした。いかがでしょう」

説明する余一の声に自慢の色はなかったが、横で見ている綾太郎はくやしそうな顔をしていた。どうせ、またしてやられたとほぞを噛んでいるのだろう。

元の振袖が初春を言祝《ことほ》ぐ景色なら、これは薄暗がりで匂いを放つ黄昏《たそがれ》に咲く梅の花だ。落ち着いた中に色気と強さを秘めた風情は、齢《よわい》を重ねた今の理恵だから着こなせるものである。

「梅は長い冬を耐えしのび、果てに小さな花を咲かせる。その香りに誘われて、虫も鳥も春の訪れを知るんでさ。日差しに咲き誇るのもきれいだが、人知れず日暮れてから咲くのも似合いでしょう」

言われて思うところがあったのだろう。理恵がきものを胸にあて「似合いますか」と尋ねると、余一はしっかりうなずいた。

こんなところをお糸が見ればひと悶着《もんちゃく》あっただろうが、幸いだるまやの看板娘はこの場にいない。やれよかったと胸をなでおろす一方で、六助はまた振袖夜鷹のことを思い出した。

おめぇは本当に最後の最後まで貧乏くじだったよなぁ。御新造さんの運をいくらかでも分けてもらえたらよかったのに——そんなことを思いながら、理恵を風見屋まで送っていった戻り道、三光新道《じんみち》のそばだった。

「ええっ」

六助が間抜けな声を上げたのは、通りすがりの女の顔に見覚えがあったからだ。

いや、あの女は死んだはずだ。場所柄、昼日中から狐《きつね》に化かされているんじゃあるめぇな。ひとり混乱しつつも、足は勝手に女の後をつけていた。

そして、とうとう我慢ができず。

「おかみさんっ」

迷った末にそう呼んだのは、相手が眉を落とした丸髷姿だったからだ。名を知っていればよかったが、知らないのだから仕方がない。

すると、女は足を止めてひょいとこっちに振り返る。息を切らした六助を見て狐のような一重を細めた。

「おや、おじさん。よくあたしだとわかったねぇ」

嫣然《えんぜん》と微笑んだのは、死んだはずの振袖夜鷹に間違いなかった。

八

「そんなにびっくりしなくってもいいじゃないか。ちゃんと足ならついているよ」

稲荷の近くにある茶店に腰を落ち着けてからも、六助はまだ信じることができなかった。そんなこっちをからかうように、女は下駄を履いた足を前後に振って見せる。

「だって、ひと月以上姿を見せねぇし……浪人がおめぇの振袖を売りに来たって聞いたから、てっきり殺されたとばかり」

下唇を唾で湿らせ、どうにか舌を動かすと、相手は手を振って「あはは」と笑った。

「あのときは、あたしだってもう駄目かと思ったよ。小汚い浪人相手にひと仕事を終えて、いざお足をもらおうとしたら、『金を出せ』ってんだから。冗談じゃないって啖呵《たんか》のひとつも切りたかったけど、ぴかぴか光る人斬り包丁を突き付けられちゃ、手足どころか声だって出やしない。金はもちろん、着ているものまでむしりとられて、すってんてんにされちまった」

さばさばと事情を説明されて、こっちは驚くやら呆れるやら。道理で絞りの振袖から何も聞こえなかったはずだ。「よく命が助かったな」と言ったら、元夜鷹はばつの悪そうな顔をした。

「それがさ、いざ殺されると思ったら、素っ裸で命乞《いのちご》いをしていたのさ。あたしみたいなもんを斬ったら、それこそ刀の汚れになる。命ばかりはお助けをって、泣きながら両手を合わせたんだよ」

その様子がよほどみっともなかったからだろう。追いはぎは舌打ちすると、闇《やみ》にまぎれて去って行った。腰巻ひとつでその場に残され、しばらくは腰が立たなかったそうだ。

「だんだん正気づいて来たら、今度はどうしようもなく悔しくなって。この世に未練なんかかけらもなかったはずなのに、どうしてあたしはあんなみっともない真似をさらしちまったんだろうって、腹が煮えてさ」

柳原の振袖夜鷹といえば、知る人ぞ知る存在だ。その自分が金と目印の振袖をむざむざ取り上げられた上に、裸で命乞いまでした。すれっからしの夜鷹といえど、裸で往来を歩けやしない。有り金全部巻き上げられて、明日からどうやって生きればいいのか。

「そう思ったら、本当に情けなくって、情けなくって。いっそ川に身を投げて死んでやろうかってときに、後ろから声をかけられたのさ」

――おい、そんな恰好でどうしたんだい。

そのとき、女は持っていた筵で身体を隠していたものの、きものを着ていないのは一目瞭然《いちもくりようぜん》だった。声をかけた男は竪大工町《たてだいく》に住む大工で、知り合いのところで引き留められ、遅くなっての帰り道だったという。

「あの人、最初は堅気の女が襲われたと思って声をかけたんだよ。そのうちどうも様子が違うと気付いたものの、引くに引けなくなっちまって。そんな恰好じゃ風邪をひくからって、あたしを自分の長屋に連れて帰ってくれたんだ」

男はぱっとしない見てくれのせいで、三十を過ぎても嫁の来てがなかったらしい。行く当てのない女に「しばらくここにいてもいい」と言ってくれたそうだ。

「あんなことがあったせいで、あたしもすぐ商売をする気にはなれなかったからね。だったら、ここにいる間は相手をしてやろうかと言ったら、『俺でもいいのか』って蚊の鳴くような声を出すんだもの」

そう話す女の顔があんまりうれしそうだったので、六助は束の間見とれてしまった。きっと、その男はもてない分だけ純情だったのだろう。夜鷹は男のそういうところに惹《ひ》かれたのだ。

そんな男女が一緒にいれば、くっつくのは自然の成り行きである。男に身寄りはいなかったので身内の反対はなかったものの、代わりに親方や長屋の連中がいい顔をしなかったらしい。

しかし、あることをきっかけに、雲行きががらりと変わった。大工の留守に押しかけて来た近所に住む遊び人を、夜鷹が心張棒《しんばりぼう》で叩き出したからだ。

――あたしをタダで抱けるのは、この世でうちの人だけだ。あんたなんか一両もらっても御免だよっ。

歯切れのいい啖呵は狭い長屋に響き渡り、「そこらの女房よりよほど身持ちが固《かて》ぇ」と評判になった。その話を聞いて親方も納得し、今は親方のおかみさんに料理を習っているという。得意気に話す女の前で、六助はいやはやと首を振った。

「災い転じて福となすという訳か」

「おじさん、うまいことを言うねぇ」

相手はうれしそうに手を叩き、ふと表情を改めた。

「あたしはずっと男なんか信じるもんか、頼るもんかって肩ひじを張って生きて来たけど、あの人に抱きしめられたとき、しあわせってこういうことなんだって初めて思ったよ。振袖は身体を包んじゃくれるけど、抱きしめてはくれないもんね」

しみじみとしたもの言いは本心からのものだとわかる。この女が生きて、こういう顔ができるようになって本当によかった。

そして、六助は大事なことを思い出した。

「そういや、おめぇの振袖だが、巡り巡って今は俺のところにあるんだよ。きちんと始末して見違えるようになっているから、そいつを返してやろうじゃねぇか。俺からの祝儀と思いねぇ」

寺に預けるはずだったとは言うだけ野暮《やぼ》というものだろう。遠慮はいらねぇと胸を張れば、相手は目の上を指差した。

「なに馬鹿なことを言ってんだい。あたしは眉を落とした人妻だよ。今さら振袖なんか着られるもんか」

呆れたような調子で言われ、こっちのほうが呆れ返る。まったく女は調子がいいと半ば感心していたら、今度は神妙に頭を下げられた。

「まさか、おじさんがあたしのことを案じてくれているなんて思わなかった。いろいろありがとう」

でも、振袖はもういらないから——女がそう言って立ち上がったので、六助は慌てた。

「おい、おめぇの名は何てんだい。俺はまだ聞いちゃいねぇぜ」

すると、むこうは「あら、いけない」と舌を出し、不意にはにかんだ。

「親がつけてくれた名は、お梅《うめ》っていうんだよ。ちょっとかわいらしすぎて、あたしの柄じゃないんだけどね」

照れくさそうに言われたとき、余一の言葉がよみがえった。

――梅は長い冬を耐えしのび、果てに小さな花を咲かせる。その香りに誘われて、虫も鳥も春の訪れを知るんでさ。日差しに咲き誇るのもきれいだが、人知れず日暮れてから咲くのも似合いでしょう。

ここにも長い冬を耐えぬき、人知れず咲いた梅がある。そう思ったら、六助は力強く断言していた。

「何言ってんだい。これ以上ぴったりの名はねぇよ」

こちらの思いが通じたものか、お梅はその名にふさわしい花のような笑顔を見せる。その表情に熱いものがこみ上げて来た。

なぁ、余一。世の中、運が悪いばっかりで終わる奴だけじゃねぇ。おめぇだって、女ときものは生き直せると言っているだろう。なら、自分だってしあわせになっていいはずだと信じてみたらいいじゃねぇか。

だが、そんな台詞は照れくさくって、自分の口から言い出せない。それこそ「悪いもんでも食ったのか」と心配されるのが落ちである。

遠ざかる女の背中を見ながら、六助は苦笑を浮かべていた。

誰《た》が袖

一

春になると、猫がやたらと騒ぎ出す。

そういえば、一年中盛っているのは人ばかりだと、前に誰かが言っていたっけ……。

大伝馬町《おおでんま》の紙問屋、桐屋《きりや》に奉公するおみつはいささか失礼なことを考えながら、だるまやの二階でお糸の話を聞いていた。

「それでね、余一さんがあたしの目を見つめてこう言ったの。すまねぇが、こいつはお糸ちゃんにしか頼めねぇんだって」

男の台詞《せりふ》のところだけ、わざと低い声を出す。幼馴染《おさななじ》みの頭の中では、そのとき聞いた相手の声がよみがえっているのだろう。

「そんなことを言われちゃあ、もう嫌だなんて言えないでしょ。何をしたらいいのって聞いたら、こいつを着てもらいたいって立派な梅の柄の振袖を見せられてね」

まるでひとり芝居をしているような友の話をまとめると、惚《ほ》れた男に頼まれて、何やらいわくありげなきものを人前で着て見せたようである。結果、とある店の御新造さんが昔の執着から解き放たれたとか。

「で、御新造さんからそのきものをもらってくれって言われたけど、そんな高価なものを縁もゆかりもない人にいただく訳にはいかないじゃない。困っていたら、あの人が言ったの。もう振袖は着られないというんなら、袖を切って、きものに年を取らせてやればいいって。そんなことが言えるのは、江戸広しと言えど、あの人しかいやしないわ。おみつちゃんだってそう思うでしょ」

目を輝かせて語るさまは見惚《みと》れるくらいかわいかった。勢い余って何度も畳を叩《たた》くのはいかがなものかと思ったものの、乙《おつ》にすましていないのもこの子のいいところである。

もっとも、語られた中身のほうは、とんと同意をしかねたけれど。

おみつの父親、久兵衛《きゅうべえ》は岩本町で「八百久《やおきゅう》」という青物屋を営んでいる。同じ町内の同い年、まして気の合う二人の子供はどこに行くのも一緒だった。小さい頃からかわいかったお糸は年を追うごとにきれいになり、行き交う人が振り返る小町娘に成長した。そういう幼馴染みのことを傍らで誇らしく思っていた。

ところが、よんどころない事情でおみつが奉公に出て間もなく、お糸は得体の知れない優男《やさおとこ》に恋をした。挙句、そばにいたい一心で裁縫《おはり》を習い出したと聞いたときは、驚きのあまり腰が抜けそうになったほどだ。

料理や掃除は器用にこなすお糸だが、「針仕事は苦手だから」と今まで避けて通っていた。打って変わった変貌《へんぼう》ぶりに「お糸ちゃんらしくない」と文句を言えば、照れくさそうに頰《ほお》を染めた。

――好きな人ができたら、おみつちゃんにもわかるわよ。

恥じらいながら断言されてうっかり納得しそうになったが、すぐさまおみつは思いなおした。

器量よしで働き者のお糸を嫁に欲しがる男は多い。実際、だるまやの客は、看板娘を拝むために通ってくる連中ばかりである。なのに、どうして、よりにもよって、そんな訳のわからない職人を好きになるんだろう。

詳しく聞けば、「きものの始末」とは染み抜きや洗い張りの他、きものをほどいて別のものに縫い直すことを指すらしいが、そんなことは本来、家で女がすることである。人から金をもらうからには上手にできて当たり前で、わざわざ「職人」と名乗るような大の男の仕事なのか。

せめて、きものの仕立て師や紺屋の職人というのなら、こっちだって納得する。呉服は値の張るものだから、手間賃だっていいだろう。

だが、古着をほどいて仕立て直し、どれだけの金になるというのか。扱うものが安ければ、儲《もう》けも少ないに違いない。

それにお糸が嫁に行ったら、だるまやはどうなってしまうのか。相手が稼ぎのいいしっかりした男なら、ひとり娘に甘い清八のことだ。自分の本音を押し殺して嫁に出してくれるだろう。

とはいえ、本当にそれでいいのか。十歳《とお》のときから男手ひとつで育ててくれた父親に申し訳ないと思わないのか。胸に渦巻く反論をどう言おうかと思っていたら、お糸が表情を曇らせた。

――でも、おとっつぁんは反対しているの。身寄りのない、どこの馬の骨ともわからねぇ野郎はやめておけって。

心底悲しげに呟《つぶや》かれ、出かかった言葉を呑み込んだ。

自分と違って、お糸のところは親子仲がすこぶるいい。今は初恋に浮かれていても、父の思いを振り切ってわがままを通すことはないだろう。

だとしたら、自分まで反対するのはいかがなものか。意地っ張りのお糸はむきになり、「やっぱりやめた」と言い出しづらくなりかねない。ここは余計なことを言わずに、黙って様子を見たほうが得策なのではなかろうか。

なまじ器量がいいせいで、お糸は「やさしい男は女にだらしがない」、もしくは「下心があるからやさしくする」と思い込んでいる節《ふし》があった。あながち間違ってはいないものの、転じて「無愛想な男は誠実だ」と変な誤解をしたらしい。

だが、むこうが据え膳を食おうとしたら、すぐさまお糸の目は覚める。長い付き合いからそう判断し、ひとまず「お糸ちゃんも大変ねぇ」と当たり障りのないことを言っておいた。

以来――三年。お互い十八になってもこんな話をしているなんて、あのときは夢にも思わなかった。じれったいにもほどがある幼馴染みの恋物語におみつはいらいらと身体を揺する。

これほどの美人に思いをかけられ、ちっともその気にならない余一という男もたいがい変だが、くじけることなく思い続けるお糸だってどうかしている。

十五からの三年は女にとって花の盛りだ。二十歳を二つ三つ過ぎただけで「行かず後家」と言われるのに、何をのんびり構えているのか。

だいたい、そいつの一言できものをもらいそびれたのに、「そこが素敵」と喜ぶなんておめでたいにもほどがある。のろけ話に付き合う気も失《う》せ、おみつはぶすりと口を開いた。

「……それで、その余一さんとやらは何かお礼をしてくれたの」

低い声で尋ねたら、お糸が口に手を当てる。

「お礼だなんて。あたしはきものを着ただけで、他は何もしてないもの」

「あら、大の男が手ぶらで頼みごとをするなんてみっともない。まして、あんたはおとっつぁんから『その男に近寄るな』って言われているんだもの。親に隠れて手助けさせて、知らん顔とはどういうことよ」

当てこするように続けたら、急にお糸がおろおろし出した。まさかここまで言われるとは思っていなかったのだろう。

一生奉公の自分と違い、お糸は婿をとってだるまやを継ぐ身だ。料理のできない男を思ってみすみす婚期を逃すのをもはや黙って見ていられない。

ここは一番、このあたしが小言を言ってやらなくては。膝《ひざ》を前に進めると、常とは違った意気込みがむこうにも伝わったようだ。心もち身を引いて、お糸が蚊の鳴くような声を出す。

「で、でも、あたしはあの人の役に立てただけで……」

「そういう甘いことを言うから、むこうがつけあがるんじゃないの。人の好意に付け込む奴にろくな男はいないって、うちのお嬢さんも言ってるわ」

勢い込んで言ったとたん、お糸が大きな目を丸くする。そして、何を思ったものか楽しそうに笑い出した。思いがけない相手の態度に「急に何よ」と尋ねたら、上目遣いに言い返される。

「だって、おみつちゃんときたら、二言目にはお嬢さん、お嬢さんって。本当に桐屋のお嬢さんのことが好きなのねぇ」

語尾を伸ばした返事を聞いて、束《つか》の間《ま》言葉を失った。

ややあって「今はそんな話をしているんじゃないでしょう」と文句を言ったが、お糸の表情は変わらない。

「今日はあたしばっかりしゃべっていて、お嬢さんの話をさせなかったから機嫌が悪くなったんでしょう。気が付かなくてごめんなさいね」

「あたしは別にそんなんじゃ」

慌てて異を唱えても、睫毛《まつげ》の長い大きな目を思わせぶりに瞬《しばたた》かせる。

「あら、日頃あたしに言っていることを思い返してごらんなさいよ」

からかうような口ぶりに「見当違いよ」と言おうとして、

――うちのお嬢さんはどうしてああ変わり者なのかしら。花も恥じらう娘の趣味が書画骨董《こっとう》の目利きだなんて。これじゃどこかのご隠居さんと変わりゃしない。

――お糸ちゃんにはかなわないかもしれないけど、うちのお嬢さんが着飾ったら、そこらの娘に負けやしないわ。もったいないったらありゃしない。

なるほど、始終お玉《たま》お嬢さんのことを話題にしていたような……気も、する。気まずい思いで黙り込むと、軽く背を叩かれた。

「でも、おみつちゃんにすれば無理もないわ。桐屋のお嬢さんがいなかったら、今頃どうなっていたかわからないんですもの」

事情を知っている幼馴染みにおみつは黙って苦笑を返した。

二

おみつの家は小さいながらも店売りの青物屋で、娘を奉公に出すような貧しい暮らし向きではない。それが十五の正月というおかしな時期に家を出たのは、父と父の後《のち》添《ぞ》いと折り合いが悪かったからである。

実の母親が難産の末に赤ん坊ともども亡くなったのは、おみつが六つのときだった。

幼い娘の世話と商売をひとりでするのは無理だ――周囲の人の勧めに従い、父が後妻をもらったのは、一年後のことだった。

その人は姑《しゅうとめ》との折り合いが悪くて出戻ったらしく、なさぬ仲のおみつにずいぶん気を遣ってくれた。しばらくすると「実の母子のようだ」と言われるほど、おみつも継母《ままはは》になついていた。

しかし、二年後に弟が生まれると、相手の態度が一変した。おみつが赤ん坊をあやしてやろうとすれば、「何をするんだい」と大きな声で追い払われる。お糸とともに遊びに行こうとすれば、「あたしは赤ん坊の世話で忙しいんだよ。少しは手伝いをしたらどうなんだい」と叱《しか》られる。

やさしかった継母の突然の変わりように、幼かったおみつは何が何だかわからなくなった。父親に助けを求めたくても、今では継母と赤ん坊にべったりで、前妻の子には声もかけない。そのうちだんだんと世間の噂《うわさ》が聞こえてきた。

――八百久の後添いもいよいよ本性を出して来たな。自分の産んだ子に店を継がせる魂胆で、おみつを邪険にしているようだぜ。

――女は誰だって腹を痛めた我が子が一等かわいいもんさ。そんなことを言ったら、気の毒だよ。

どうやら、継母にとって自分はすでに邪魔者らしい。いや、ひょっとしたら父にとってもそうなのだろうか。もはや頼れる人が誰もいないと悟ったとたん、十歳のおみつは居ても立ってもいられなくなった。

子供にとって家に居場所がないということは、この世のすべてからはじき出されるのと同じである。その頃はまだ継母のことを嫌いになりきっていなかったから、できれば邪魔をしたくなかった。

とはいえ、自分ひとりで暮らすことなどできっこないし、すぐさま大きくなれるものでもない。

――女は誰だって腹を痛めた我が子が一等かわいいもんさ。

近所のおばさんはそう言っていたけれど、おみつの母親はもういない。実の父親はいるけれど、ちっともかばってくれないし、自分はこの世の誰からも大事に思われていないのだ……。

それを思い知ったのは、九月の衣替《ころもが》えのときだった。

――おまえも十歳《とお》になったんだから、自分の着るものくらい自分で用意できるだろう。

継母にそう言われたのは、八月末のことである。

重陽《ちようよう》の節句（九月九日）を境に、世間では誰もが厚手の綿入れを着るようになる。そのための準備を自分でしろと言われ、おみつは慌てた。

運針すらまともに教わっていないのに、袷《あわせ》を綿入れに縫い直せと言われても、できる訳がない。言い返したら、ぷいとそっぽをむかれてしまった。

結果、九月の末になっても、おみつのきものは薄い袷のままだった。見かねた店の客から「寒くないのかい」と聞かれたとき、すかさず父親が口を出した。

――こいつはとんだ強情っぱりで、女房の言うことを聞きやしねぇ。いっちょまえに伊達《だて》の薄着を気取っていやがるんでさ。

さも困った娘だと言いたそうに父親は笑った。もちろん、その大きな身体には継母の仕立てた綿入れを着こんでいた。

そのとき何と言い返したか、今となっては覚えていない。とにかく無我夢中で店を飛び出し、柳原の土手まで走った。

いつまでもここにいられないことはわかっていたが、家にはどうしても帰りたくなかった。このまま消えてなくなれたら、どんなにせいせいするだろう。

向かい風に身を震わせ、長く伸びる自分の影を眺めていたとき、幼い女の子が橋の上から川を見下ろしているのが目に入った。

「あんたもひとり？　おうちの人はどうしたの」

　思わず声をかけたのは、その子が着ているきものが目立って立派だったからだ。肩上げをしてある振袖《ふりそで》は江戸紫の地に柿色の菊や臙脂《えんじ》の松が描いてあった。土手で売っている古着とは子供の目にも違うとわかる。

　相手の背の高さから二つ三つ年下だろうと見当をつけ、おみつはさもねえさんぶった調子で続けた。

「この辺は暗くなると物騒なんだよ。おうちの人が心配するから、早く帰ったほうがいいって」

　口に出してからおかしくなり、心の中で笑ってしまった。自分は家に居場所がなくてこうしてぶらぶらしているのに、初めて出会った女の子には「帰れ」とえらそうに言うなんて。

　でも、こんなきものを着ている子には温かい家があるはずだ。見た目で勝手に決めつけたら、首を強く振られてしまった。

「おばあ様が亡くなってから、誰もあたしのことなんてかまってくれないわ」

「それじゃ、あんたもおっかさんがいないの」

　つい踏み込んだことを聞くと、その子はきゅっと唇を噛《か》む。

「……おっかさんはあたしのことが嫌いなんだもの。あんたはおばあ様がいればいいんでしょって、弟のことばっかり……」

小さくかすれた呟きにおみつは強く胸を突かれた。

血のつながった母親でも愛してくれるとは限らないらしい。この子の家は大店《おおだな》のようだから、跡取りの息子ばかりが大事にされているのだろう。そのさびしさを埋めてくれた祖母が亡くなってしまい、居場所をなくした気分なのだ。

おおよそ事情がわかってしまえば、とても他人事《ひとごと》とは思えない。おみつはそばに近寄った。

「あたしはおみつっていうの。あんたの名前は」

「お玉」

「お玉ちゃんにはおとっつぁんだっているんでしょ。おとっつぁんはお玉ちゃんの話を聞いてくれないの」

「おとっつぁんは商売が忙しいから……あたしのことなんてどうでもいいの」

「だから、ひとりで家を抜け出したのね」

なるほどとうなずけば、小さな手が長い袂《たもと》をまさぐった。

「だって……あたしなんかいないほうが、おっかさんの機嫌がいいもの」

たとえ嫌われていようと、嫌いになれない。母親を気遣う言葉がいじらしすぎて、こっちのほうまでせつなくなる。

とはいえ、日暮れてからの土手は物騒だし、どこからどう見ても金持ちの子をこのまま放っておくのはまずい。おみつはさんざん迷った末、自分の身の上を話し始めた。

実の母はすでになく、継母から嫌われていること。父は弟と継母の味方で、自分も家に居場所がないこと。

「でも、あたしと違って、お玉ちゃんのところは実のおっかさんだもの。腹を痛めた我が子のことを嫌う人なんていやしないよ」

大人の受け売りを口にすると、お玉のつぶらな瞳が揺れた。そこで、さらなる駄目押しと袷の袖を持ち上げる。

「大事でなかったら、そんな分厚い綿の入ったきものを子供に着せたりしないって。あたしのきものを見てごらんよ。じき十月になるってのに、綿が入っていないんだから」

言いつつ薄い袖を振れば、お玉の顔が悲しそうに歪《ゆが》んだ。

本当は、こんな小さな子に「あんたのほうが恵まれている」とは言いたくなかった。

けれど、自分と同じか、もっとひどい目に遭っていえる人がいるってことは、折れそうな気持ちのつっかい棒になる。強《し》いて笑みを浮かべると、お玉に手を握られた。

「なら、おみつちゃんも一緒に来る？」

「えっ」

「家に帰りたくないんでしょ。だったら、うちにおいでよ。おみつちゃんが一緒なら、あたしもひとりじゃなくなるもの」

じっと目を見て尋ねられ、不覚にも涙がこぼれ落ちた。

こんな小さな子に同情されてどうするのか。叱咤《しった》する声がどこからともなく聞こえたけれど、今この世で一番心が通じ合っているのは自分たちだと思った。

大人からすれば、とんだお笑い草かもしれない。でも、幼く無力だからこそ、いつだって精一杯なのだ。おみつは心強い友の手を両手でしっかり握り返した。

「大丈夫だよ。あたしにだって帰る家はあるんだから。それよりお玉ちゃんの家はどこなの。送って行ってあげる」

その後、小さな手に導かれて桐屋の前まで来たとき、お玉の豪勢な恰好《かっこう》も無理はないと納得した。こんな大店のお嬢さんがよくひとりで柳原まで来られたものだ。

一方、桐屋のほうではお玉を捜していたらしく、二人の姿に気付いた番頭が駆け寄って来た。

「お嬢様、いったいどこにいらしたんです。旦那様が心配なすっていますよ」

首をすくませたお玉を見て、おみつはとっさに前へ出る。

「お嬢さんは悪くないんです。あたしが引き留めたんですから」

慌てて言い訳したものの、一目で住む世界が違うとわかったのだろう。番頭はかすかに眉《まゆ》をひそめる。

「見かけない顔だが、おまえさんは」

「岩本町の青物屋、八百久の娘でおみつって言います。あたしがこんな時刻までお嬢さんを引き留めたんです。どうか怒らないでください」

両手を合わせて訴えると、壮年の相手は驚いたような顔をした。ぺらぺらの袷を着て震えている娘と桐屋のお嬢さんがどうして一緒にいたものか、訝《いぶか》しく思ったに違いない。

それでも、年下の友をかばっていることは通じたらしく、ふっと表情を緩めておみつの頭を撫《な》でてくれた。

「うちのお嬢様が世話になったようだね。お礼をするからちょっと待っておいで」

「そんなのいいから、お嬢さんを怒らないで」

慌てて首を振ったら、「大丈夫だよ」と請け合われた。

「旦那様も御新造さんも、お嬢様の姿が見えないんで心配なすっていただけだ。無事だとわかれば、怒るより喜ぶに決まっている。まぁ、ちょっとは小言を食らうだろうがね」

それもお嬢様を思えばこそだと続けられ、おみつはお玉の手を引いた。

「お玉ちゃん、ほら大丈夫だよ」

そう言って手を放そうとしたが、お玉はなかなか手を開かない。「あたしも帰らないと怒られちゃう」と言うと、名残惜しそうに放してくれた。

「それじゃ元気でね」

言いながら、もう会うことはないだろうとおみつは思った。

自分とお玉では、所詮《しょせん》住む世界が違う。さびしさをこらえて踵《きびす》を返したとき、「おみつちゃん」と呼び止められた。

「この先、居場所がなくなったら、うちに来て。きっとよ」

小さな少女が発した言葉は、今まで聞いたどんな慰めよりも頼もしく響いた。もう一度泣き顔を見せるのが嫌で、おみつは前を向いたまま「うん」と大声で返事をした。

だが、そうしては駄目だということは幼いなりにわかっていた。たとえどんなにつらくても、あたしはあたしの力だけで何とか生きていかなきゃならない。

だから、家に戻ったあと、おみつは継母に頭を下げて裁縫を教えてもらった。幸い筋は良かったらしく、次の年からは自分のきものだけでなく家族のものも縫うようになった。言われぬ先から手伝いをして、親に認めてもらおうと精一杯努めたが――十四の年の暮れにどうしても従えないことを言われてしまった。

「奉公に出ろってどういうこと」

「煙草《タバコ》問屋の伊勢屋のご隠居さんが、おまえに身の回りの手伝いを頼みたいっておっしゃってね。住み込みの女中奉公で年五両もくださるなんてありがたい話じゃないか。喜んで承知しといたから、二、三日中に行っておくれ」

継母から当然のように言い渡され、顔から血の気が引くのがわかった。煙草問屋伊勢屋の隠居と言えば、若い女中に手を出すことで悪名高い助平爺《じじい》だ。しかも、飽きっぽい性格らしく、たびたび人が入れ替わる。

恐らく継母は、いずれ嫁に出さねばならない先妻の娘を厄介払いする気なのだ。まともなところに嫁がせれば支度で何かと物入りだが、女中奉公とは名ばかりの妾《めかけ》に出せば、逆に金が入ってくる。いかにも情け知らずで吝嗇《りんしょく》な女が考えそうなことだった。

「……おとっつぁんは、承知しているの」

「もちろんさ。近頃は商いもはかばかしくないからね。おみつは孝行娘だとありがたがっていなすったよ」

勝ち誇った笑みで続けられ、何も考えられなくなった。それからどこをどう歩いたものか、気が付けば、大伝馬町の桐屋の前に立っていた。

――この先、居場所がなくなったら、うちに来て。きっとよ。

幼い相手は四年前に言ったことなどとうに忘れているだろう。それは十分わかっていたが、あのときの言葉はおみつにとってお守りだった。

いざとなれば、あたしにだって行くところがある。継母に理不尽な仕打ちを受けたとき、父親に知らん顔をされたとき、いつもそう思って耐えて来た。

幼馴染みのお糸も親身になってくれたけれど、これ以上甘えれば、だるまやの商いに障りかねない。それでなくても自分のことで、清八と父は険悪な仲になりつつあった。

けれど、ここなら……おみつは大きな期待を込めて広い間口の店を見上げる。だが、果たして何と言ったらいいか、見当もつかなかった。

もしお玉が自分のことを忘れていたら、いや、仮に覚えていたとしても、子供の頃の戯言《ざれごと》を持ち出されては迷惑だろう。それはわかっているものの、他にすがれるところがなかった。

どうしよう、どうしようと行きつ戻りつしていたとき、「ひょっとして、おみっちゃんじゃないの」と声をかけられた。

驚いて振り向くと、麻《あさ》の葉《は》柄の振袖を着た少女が供と立っている。背こそだいぶ伸びたものの、凜《りん》としたその顔は昔の面影を残していた。

「まさか、お玉ちゃん？」

半信半疑で呟けば、にっこり笑ってうなずかれる。その瞬間、おみつの心を支えてきたつっかい棒がぽきりと折れた。

「お玉ちゃん、お玉ちゃんっ」

相手の迷惑も顧みず、しがみついてわんわん泣いた。お玉はうすうす事情を察したのか、黙って好きにさせてくれた。

そして——年が明けると、おみつはお玉付きの女中として桐屋に住み込むことになったのである。

三

「ああ、よかった。おみつが戻って来てくれて」

桐屋に戻ると、女中のおきみがほっとしたように駆け寄って来た。年はたいして変わらなくても、奉公に上がったのは三年も早い。寄り道をしたばかりのおみつは気まずい思いで頭を下げた。

「遅くなってすみません」

「そんなことはいいから、早く奥に行ってお嬢さんの機嫌を取ってちょうだい。あたしじゃとても手におえなくて」

「いったい何があったんです」

常日頃朗らかとは言い難いお玉だが、ささいなことでへそを曲げたり、癇癪《かんしゃく》を起こしたりする人ではない。小さな声で尋ねたら、おきみは肩をすくめてみせた。

「さっきまで御新造さんと振袖を着る、着ないで言い争っていたの。まったく毎度毎度同じことでよく喧嘩《けんか》ができるもんだわ。そういうところはやっぱり親子よ。似ていなくても似ているのねぇ」

何とも妙な言い回しだが、言いたいことはよくわかった。

お玉の母、つまり御新造のお耀《てる》は金持ちのお嬢様を絵に描いたような人物である。鷹揚《おうよう》なところもあるのだが、自分の思いが通らないとたちまち機嫌を悪くする。日本橋本町の両替商、後藤屋《ごとうや》の娘として生まれ、いかなる望みもかなえられてきたせいだろう。そのため桐屋の若旦那、現当主の光之助《こうのすけ》に一目惚れをしたときは大変だった。当時、桐屋は名前を知られ始めたばかりの紙問屋で、名字帯刀を許された後藤屋とはてんで釣り合いが取れなかった。娘に甘い後藤屋もさすがに反対したのだが、お耀は「あの人と添えないくらいなら、生きていたって仕方がない」と狂ったように泣きわめく。おまけに目を離した隙《すき》に鴨居《かもい》で首をくくろうとした。

これを見て後藤屋の主人は青くなった。己の娘の気性の強さは承知していたつもりだが、まさかここまでとは思わなかった。この調子では他の男に縁付くとは思えないし、死なれるよりはまだましと本人の意に添うことにした。

さて、そうなると、もらう側の桐屋にとやかく言える余地はない。お耀の持参金と後藤屋の後押しで身代はみるみる大きくなったが、しっかり者の姑とわがままな嫁が仲良くやれるはずもなく——仲違《なかたが》いの余波は今も形を変えて続いている。

「お嬢さん、おみつです。ただ今戻りました」

襖《ふすま》のむこうに声をかければ、「お入り」と声がした。そろそろと開けてみたところ、お玉は討ち入り前の侍のように険しい表情で座っている。

「そんな顔をしていると、眉間《みけん》のしわが消えなくなってしまいますよ。ああ、お嬢さんは早く老けたいんでしたっけ」

嫌味がましい口を利いたら、じろりと横目で睨《にら》まれた。

「何よ、おみつまで。振袖を着ないのがそんなに悪いっていうの」

「だって、振袖は嫁入り前しか着られないんですよ。お嬢さんは今年の末には大隅屋の若旦那と祝言を挙げるのに、今着ないでどうします」

遠慮のない口を叩くと、お玉がふくれて口を突きだす。やっと十七の娘らしい表情をしてくれた主人に、おみつの口元はほころんだ。

お糸のように誰もが振り返る美人ではないものの、意志の強そうな目元と秀《ひい》でた額を持つお玉は並みよりだいぶ器量がいい。だが、すべてにおいて娘らしさに乏しいため、それがわかりづらかった。

もっと華やかなきものを着れば、ずっと見栄えがよくなるのに。頑《かたく》なに地味な恰好をしたがるため、年よりずっと老けて見える。

「せっかくたくさんあるんですもの。面倒くさがらずに袖を通してみませんか。きっとお似合いになりますよ」

とりなすように続けたら、お玉は大きなため息をつく。

「どうしてみんな、若い娘には振袖だと決めてかかるのかしら。袖が長くて重たいし、立つとき袖を踏みそうになるし。綾太郎さんも人に振袖を贈る前に、一度着てみたらよかったのよ。そうすれば、どれほど動きにくいものか身に沁《し》みてわかったでしょう」

「……お嬢さん、大隅屋の若旦那が何ですって」

聞き捨てならない名を聞いて、おみつはにわかに身構える。呑気《のんき》なお嬢様は平気な顔で話を続けた。

「さっき、綾太郎さんから振袖が届いたの。豪華で手の込んだ品だったけど、あたしの好みじゃないって言ったら、おっかさんが怒っちゃって。そういうへそ曲がりなところがおばあ様にそっくりだって言うもんだから、いつまでたっても年甲斐《としがい》のないおっかさんに似るよりはましだって言っちゃった」

母と娘の言い合う姿が容易に浮かんできて、これは困ったことになったとおみつは頭を抱えた。

幼い頃、祖母のお比呂《ひろ》に手をかけてもらったお玉は、母のお耀より祖母に似ているところが多い。よろず地味好みで書画骨董に親しむ一方、芝居や物見遊山《ものみゆさん》にはまるで興味を示さない。その上、去年の秋あたりから、祖母の残した形見のきものを好んで着るようになってしまった。

貧乏人ならいざ知らず、大店の娘が年寄りの古着を着ていては外聞が悪い。日頃口で勝てないお耀は、ここぞとばかりに小言を言った。

――どうしてあんたって子はそうひねくれているのかしら。いくらでも新しいものがあるのに、そんな着古しばかり着て。若い娘なら、華やかな振袖で着飾りたいと思うものでしょう。

――あんたがそんな恰好をしていたら、桐屋の商売が傾いていると思われるわ。当てつけもたいがいにしてちょうだい。

御新造さんにしてみれば、折り合いの悪かった姑のきものなど今さら見たくないのだろう。自分に対する嫌がらせだと腹を立てるのも無理はない。

お比呂はしまり屋だったらしく、残っているきものはこまめに手入れをしながら着続けられたものばかりだ。たぶんものはいいのだろうが、若いお玉がそれを着ると、似合わないというより滑稽《こっけい》である。

それでも、お玉は断固として祖母のきものを着続けた。

――だって、振袖は動きにくいんだもの。

――おばあ様のきものは身体に馴染んで着やすいのよ。寸法直しもしなくていいし、着なかったらもったいないわ。

確かに、丈夫な紬《つむぎ》の中には長く着続けることによって光沢の出るものや、独特の風合いが出るものがあるという。

　だが、きものは見た目だって大事なはずだ。傘張り浪人の御新造さんのようなお玉の姿を見るにつけ、おみつは不安を募らせていた。

　こんな恰好をしていることが綾太郎の耳に届いたら、せっかくの縁談が流れてしまうのではないか。

　大隅屋は後藤屋の遠縁にあたり、若旦那の綾太郎は商売熱心な男だという。姑になる御新造さんが遊び好きで家に居つかないというのも、お玉にとっては好都合だ。先々のことを考えれば、おみつはこれ以上の良縁はないと思っている。そこで口を酸っぱくして「振袖を着てください」と言い続けて来たのに、古着を着るのをやめさせる前に先方にばれてしまったのか。

　いや、むこうは通町の呉服太物《ふともの》問屋だから、許嫁《いいなずけ》にきものを贈るのは当たり前だ。お玉の恰好を知っていたら、何か言って寄越すだろう。おみつは強いてそう考え、一日も早くちゃんとした恰好をさせようと気合を入れ直した。

　いつも喧嘩ばかりしている御新造さんだって、娘を大事に思えばこそいろいろ吟味を重ねた上で、この縁談を決めたのだ。金に釣られて先妻の娘を妾奉公に出そうとした継母とは天と地ほども違う。お玉も嫁に行く前に、少しは御新造さんに心を開いて歩み寄ってみるべきだろう。

さりとて、何と言ったらいいのか。おみつは改めて自分の主人をじっと見つめた。

今日お嬢さんが着ているのは、御納戸色《おなんどいろ》の無地の紬だ。御納戸色は藍染めの一番濃い色にあたる紺《こん》の一歩手前の色で、地味好きな江戸っ子にいたく人気があるものの、十七の娘が身に着けるにはいくら何でも渋すぎる。

「母親だったら、自分の娘を着飾らせたいと思うものですよ。おばあ様のきものは年を取ってから着ればいいじゃないですか」

「何言っているの。あたしの嫁入り先は呉服屋なのよ。おばあ様のお古なんか持って行ける訳ないじゃない。このままうちに置いておいてもおっかさんが着るはずないし、今あたしが着なかったら、もったいないじゃないの」

眉をひそめて言われれば、思わず納得しそうになる。困ったおみつは一転、情に訴えることにした。

「ですが、少しは御新造さんの気持ちも」

「なら、おっかさんはあたしの気持ちを考えてくれているっていうの」

言い終わる前に言い返され、二の句が継げなくなってしまう。

出会ったとき三つは下だと思った少女は、実はたったの一つ違い。しかも、たいそう弁が立つということをおみつは桐屋に来てから知った。次の言葉に困っていたら、お玉のほうが口を開く。

「それに、おばあ様のお古にはいろいろ思い出があるんだから。このきものはお気に入りだったんだけど、あたしのせいで着られなくなってしまったのよ」

意味ありげな思い出し笑いに「何があったんですか」と尋ねたら、照れくさそうに教えてくれた。

「あたしが小さい頃、このきものを着たおばあ様と一緒に出掛けて、迷子になってしまったらしいの。どうやら間違って、同じ色のきものを着た人について行っちゃったのね。もちろん無事に帰って来たんだけど、おばあ様は二度とこのきものを着ようとしなかったんですって」

御納戸色は人気のある色だから、似たようなきものを着ている年増《としま》や年寄りは大勢いる。小さな子が勘違いするのも無理はないが、お玉の祖母は孫とはぐれてよほど心配したのだろう。その話を聞いただけで、お玉がいまだに祖母を慕う気持ちもわかる気がした。

「よっぽどお嬢さんが大事だったんですね」

思ったことを口にしたら、うれしそうにうなずかれた。

「おとっつぁんにこの話を聞いたときから、大きくなったらあたしが着ようってずっと心に決めていたの。そういうきものが他にもあるのに、どうして振袖を着なくちゃいけないのかしら。あたしにはちっともわからないわ」

「でも、大隅屋の若旦那は振袖を着て欲しいんじゃないですか。わざわざ贈ってくださるんですもの」

「あら、あたしは何が何でも綾太郎さんと一緒になりたい訳じゃないのよ。むこうが嫌だというのなら、破談にしてくれてかまわないわ」

とんでもないことをさらっと言われ、おみつは途方に暮れてしまった。

四

御新造さんと仲直りさせ、滞りなく嫁入りをさせるため、お玉に振袖を着せる方法はないものか。おみつは女中仲間や番頭に相談を持ちかけたが、誰ひとりはかばかしい返事をする者はなかった。

「御新造さんと違って、お嬢さんはおだてに乗る人じゃないからね。自分の意見を引っ込めるとは思えないけど」

「お二人が仲良くなってくだされぱいいとは思うが、お嬢さんは先代の御新造さんにそっくりだからな。今さら難しいんじゃないのかい」

最初《はな》から諦め顔の周囲に愛想を尽かし、おみつは用足しの合間にだるまやを訪ねた。浮かない顔で事情を話すと、幼馴染みは身を乗り出す。

「そのお嬢さんには、許婚以外に好きな人がいるんじゃないかしら」

「はぁ？」

寝耳に水の言葉を聞いておみつが間抜けな声を上げる。だが、お糸は自信たっぷりに話を続けた。

「好きな人から振袖を贈られて、うれしくない娘なんていないもの。あたしが余一さんから振袖を贈られたら、たとえそれが古着であろうと舞い上がって喜ぶわよ」

お嬢さんは許婚に嫌われようとして、わざと振袖を着ないに決まっている。真面目《まじめ》な顔で断言されて、おみつは慌てて手を振った。

「お糸ちゃんと一緒にしないでよ。お嬢さんの場合は、家同士が決めた縁談だもの。好きも嫌いもありゃしないわ」

身分違いというのは、町人同士の場合もある。桐屋の娘として生まれ、乳母《おんば》日傘《ひがさ》で育ったお玉は貧乏暮らしなどできないし、する必要もない。

店の体面を守るためにも、それ相応なところに嫁に行くことが生まれたときから決まっている。何より、箱入り娘はめったに外に出掛けないから、男と知り合う機会はない。

「でも、桐屋の御新造さんは今の旦那様に一目惚れして、押しかけて来たんでしょう」

身近な例で反論されたが、「それは特別」と言い返す。

「御新造さんは芝居見物や物見遊山が大好きで、毎日出歩いていたそうなの。そのとき、うちの旦那様を見て、惚れ込んじまったらしいのよ。旦那様は今だって二枚目だけど、若い頃はたいそう美男子だったんだって。幸か不幸かうちのお嬢さんは御新造さんと正反対、めったに表に出ないもの」

それに、姿かたちで惚れるようなお人じゃないと付け加えたら、お糸は「あら」と目を瞠《みは》る。

「ってことは、何とも思っていない人と一緒になるの。何だか、気の毒ねぇ」

何年も片思い中の娘に同情されて、思わずむきになってしまった。

「惚れて一緒になったからって、しあわせになれるとは限らないでしょ。釣り合わぬは不幸の元って昔から言うじゃない。それに、大隅屋の若旦那は商売熱心な人だというし」

「おみつちゃんのお嬢さんの許婚って、大隅屋の若旦那なの。だったら、この間会ったわよ」

意外そうな声を上げられ、こっちのほうがびっくりする。一膳飯屋の娘と大店の若旦那が知り合う機会などないはずなのに。

「ひょっとして……若旦那がだるまやに来たの」

さては、噂の看板娘をわざわざ拝みに来たのだろうか。おっかなびっくり尋ねたら、「何言ってるの」と笑われた。

「うちは職人や日雇い相手の飯屋なのよ。そんなお人が足を運ぶはずないじゃない。古着屋の六さんの長屋で会ったのよ」

以前、惚れた男に頼まれてきものを着て見せたとき、大隅屋の若旦那もその場に同席していたらしい。

もっとも、綾太郎の顔はろくに覚えていないようで、大店の若旦那や御新造さんを前にして、余一がいかに堂々としていたかを再び力説されてしまう。だが、おみつにしてみればそれどころではなかった。

大隅屋の若旦那ともあろうお人が古着直しの職人と知り合いだったなんて。余一という男は案外知る人ぞ知る人物なのか。

いや、それよりも綾太郎が着飾ったお糸を見たことのほうが問題だろう。何でもない普段着でこれほど人目を引くのである。めかしこんだ振袖姿はさぞかし美しかったはずだ。まさかとは思うが、お玉に振袖を贈ってきたのはお糸の艶姿《あですがた》を見たからか。

嫌な予感を打ち消しつつ、おみつはごくりと唾《つば》を呑《の》む。

「こうなったら、うちのお嬢さんには是が非でも振袖を着てもらわなくっちゃ。お糸ちゃん、何かいい知恵はないかしら」

勢い込んで訴えると、相手が小さく首をひねる。

「でも、振袖って絶対着ないといけないものなの？　そりゃ、男のような身なりをしているというんなら頭を抱えるのもわかるけど、おばあ様のお古を着るくらい構わないんじゃないかしら」

「駄目、駄目。若い娘は着ているもので見た目がぐんと変わるんだから。うちのお嬢さんは地味なものを着ているせいで、ずいぶん損をしているのよ」

「でも、余一さんだってきものはとことん着てやるべきだって言っているし……古いきものを大事に着るのは、いいことだと思うんだけど」

心持ち眉をひそめられ、おみつはむっとした。

他に着るもののない貧乏人ならいざ知らず、新しいきものを脇に置き、どうして祖母のお古を着なくてはならないのか。

それに、きものは着ている人の身分や暮らしぶりを表すものだ。「桐屋の娘はしみったれだ」と世間に思われては恥になる。鼻息荒く主張したら、お糸はとまどいつつもうなずいた。

「おみつちゃんの言い分はわかったけど、あたしじゃ何の知恵も浮かばないわ。違う人に相談したほうがいいんじゃない」

早々に音《ね》を上げられて、薄情者と心でなじる。自分はさんざん余一のことであれこれ言って聞かせたくせに、こっちが知恵を求めたら「わからない」と投げ出すなんて。恨みがましく思った刹那《せつな》、おみつは「あっ」と声を上げた。

「そうだ、こういうときこそ余一さんとやらの力を借りたらいいんだわ。一度会わせてちょうだいよ」

口に出したとたん、お糸の顔がかすかにこわばる。「こんなことを相談しても」と気の進まない素振りの相手に強い調子で詰め寄った。

「あら、余一さんはきもののことなら何でも知っているし、どんなことでも何とかしてくれるって、つねづねお糸ちゃんが言っていたじゃない。こういう相談をするにはうってつけの人でしょう」

「ちょっと待ってちょうだい。余一さんが何とかできるのは、きものをどうするかって話なのよ。新しい振袖を着せる方法なんて、男のあの人に聞いたところでわかりっこないわ」

思わぬ事の成り行きにお糸が必死に食い下がる。打って変わった相手の態度に、おみつは内心人の悪い笑みを浮かべた。

掛け値のないところを言えば、その男がお玉の振袖嫌いを直してくれるなんて期待はしていない。こう言えば、悋気《りんき》の強い幼馴染みが慌てるだろうと思っただけだ。

お糸はどういう訳か、「女はみんな余一さんを好きになる」と思い込んでいるようで、さんざん話は聞かせるくせに、けっして会わせようとしなかった。

しかし、口にしてみたら、それもいいような気がしてきた。

桐屋の中にお玉を動かせる人はいないし、お糸の話を聞く限り、余一はかなりの変わり者だ。「毒をもって毒を制す」ではないけれど、変わり者には変わり者で、案外いい目が出るかもしれない。

それにうまくいかなくても、大事な幼馴染みの惚れた男を間近で見ることができる。

おみつはひとり納得すると、わざとため息をついてみせた。

「あたしはお嬢さんのことが心配で、藁《わら》にもすがりたい気持ちだっていうのに……お糸ちゃんはちっとも力を貸してくれないのね」

がっかりしたような声を出せば、お糸がおろおろと目を泳がす。

「そんなことないけど……でも、余一さんは古着を扱う職人だから……」

「古着であっても、きものであることに変わりはないでしょう。それに、この間聞いた話じゃ、その人のおかげで娘時代のきものを思い切った御新造さんがいたんでしょ。うちのお嬢さんはその逆だもの。何かしら知恵があると思うの」

情と理屈の二本立てにお糸もとうとう降参した。

「だったら、今度相談に行きましょう。ただし、おとっつぁんには内緒だからね」

不本意そうな相手の前でおみつは大きくうなずいた。

五

たとえ気が進まなくても、一度約束したことはきちんと守ってくれるのがお糸のいいところである。

住み込み奉公をしているおみつは用足しを命じられない限り、ひとりで表に出ることができない。十日後の四ツ（午前十時）過ぎに前触れもなく顔を出したら、「今から行こう」と誘われた。

「おとっつぁん、おみつちゃんと甘いものでも食べて来るわ」

「そりゃ構わねぇが、半刻（約一時間）で帰ってこいよ。昼の支度が間に合わなくなる」

「言われなくてもわかってるわ。ねぇ、おみつちゃん」

頼んだときとは一転して、お糸の声ははずんでいた。用向きはともかく、惚れた男に会えるのがうれしいのだろう。急いで髪を直すのを見て、おみつは後ろめたくなった。

おじさん、ごめんなさい。でも、どんな男かこの目でしっかり見てくるから。それで駄目だと思ったら、とことん邪魔してやるからね——心の中で言い訳すると、おみつはお糸の後を追った。

白壁町にある余一の住まいは二階建ての櫓《やぐら》長屋だった。おみつは目を丸くして、ひときわ背の高い長屋を見上げる。

お糸から「腕はいいのに儲けは二の次」と聞かされていたので、住まいはてっきり九尺二間の棟《むね》割《わ》り長屋だと思っていた。ここなら月の店賃《たなちん》が最低二分（一両の二分のて）は取られるはずだ。大隅屋の若旦那とも知り合いだというし、古着の始末は思ったよりも儲かるのだろうか。

じろじろ周囲を眺めている間に、お糸が障子に向かって声をかけた。

「余一さん、お糸です。あの、お仕事中にごめんなさい」

甘えを含む声色《こわいろ》におみつはまたもやびっくりする。媚《こび》を売らない看板娘がこんな声を出すとは思わなかった。ほどなく腰高障子が開いて、背の高い男が現れる。

「お糸ちゃん、どうしたんだい」

にこりともせずにそれだけ言うと、男は口を閉ざしてしまう。顔を赤らめて下を向いた幼馴染みに代わって、おみつはここぞと余一を見つめた。

お糸が三年も夢中になっているだけあって、見た目だけはとびきりだ。きりっとした目元といい、形のいい鼻といい、役者にしたいようないい男である。特に今は袢纏《はんてん》に股引《ももひき》という職人姿をしているので、引き締まった身体つきまでよくわかった。

しかし、いくら見た目がよくっても、この態度はいかがなものか。わざわざ訪ねて来た客をその場に立たせておくなんて礼儀がないにもほどがある。お糸に惚れられているのを承知で、わざと軽んじているのだろうか。

どうやら中身は見かけと違ってろくなものではないらしい。おみつは素早く判断すると、しかめっ面で前に出る。

「あたしがあなたに用があるんで連れて来てもらったんです。立ち話ですむようなことじゃないんで、中に入れてくれませんか」

そう声をかけるまで、男の目に自分は映っていなかったようだ。とってつけたように「おめぇさんは」と聞かれ、いらいらしながら名を名乗る。

「あたしはお糸ちゃんの幼馴染みでおみつって言います。きもののことなら何でもよく知っているって聞いたんで、あなたの力を借りたいと思って」

「そういうことなら、親の仇《かたき》を見るような目で睨まねぇでもらいてぇな」

眉も動かさずに言い返されて、おみつの頭に血が上った。「何ですって」と身構えたら、「やめてちょうだい」と止められる。

「おみつちゃんは奉公先のお嬢さんのことで困っているの。お願いだから、相談に乗ってあげてちょうだい」

お糸のような美人の頼みは余一も邪険にできないらしい。いかにも渋々という様子でようやく中に入れてくれた。

「で、相談ってのは何なんだい。あらかじめ断っとくが、おれはただの職人だ。きものを始末する他は何の役にも立たねぇぜ」

やる気のなさを強調され、おみつはほとほと嫌になった。

お糸から「無愛想な人だ」と聞いてはいたが、まさかこれほどとは思わなかった。幼馴染みの見る目のなさにいっそ感心してしまう。

だが、わざわざここまでやって来て、黙って帰るのも馬鹿馬鹿しい。なんとか気持ちを奮い立たせてこちらの悩みを説明したら、相手は眉を跳ね上げた。

「それのどこに問題があるんだ。若い娘が裸でいたんじゃまずかろうが、ちゃんとしたものを着ているんだろう。だったら、それでいいじゃねぇか」

目くじらを立てるそっちのほうがおかしいと言いたげな様子に、おみつは大声で噛みついた。

「うちのお嬢さんはれっきとした大店の娘で、そこらの貧乏人とは違うのよ。豪勢な振袖がいくらでもあるのに、どうしておばあ様の古着を着なくちゃならないの」

「だからさ、振袖しかねぇのならそいつを着るっきゃねぇだろうが、他にもきものがあるんなら何を着たっていいだろう。いっそ、着ない振袖は売っちまったらどうなんだい」

「何ですって」

「だいたい、奉公人が主人の着るものにあれこれケチをつけるほうがよっぽどおかしな話だろう」

とっさに腰を浮かせたら、「おみつちゃん、落ちついて」とお糸に袖を引っ張られる。が、ここで引き下がる訳にはいかなかった。

自分はお玉のことを誰より大事に思えばこそ、振袖を着せなくてはと思ったのだ。お玉が実の母と仲直りをし、嫁に行っても気兼ねなく桐屋に顔を出せるように。そして、大隅屋の若旦那により気に入ってもらえるように。

なるほど、ただの奉公人なら差し出がましい真似《まね》だろう。実際、他の奉公人は知らん顔を決め込んでいる。余一の目には、むきになる自分が身のほど知らずに見えるはずだ。

だが、それでも。

——ひょっとして、おみつちゃんじゃないの。

四年前の年の暮れ、居場所のない自分に気付いてもらい、救ってもらったそのときから、お玉はおみつにとってこの世で一番大事な人だ。いつかこの恩に報いたい、何としてもお嬢さんをしあわせにしてみせると思い続けて来た。

犬は三日飼うと、生涯恩を忘れないという。たとえ無力な身であっても、主人のために何かしたい。そう思うことさえ分不相応と言うのだろうか。

怒りで身を震わせていたら、お糸にそっと耳打ちされた。

「余一さんはあんたとお嬢さんの深い関わりを知らないんだもの。そんなふうに思うのも無理はないわ」

そして、奉公に上がった事情をお糸がかいつまんで説明したが、その後も相手の態度は変わらなかった。

「そういうことなら、なおさらお嬢さんの味方をしてやるのが筋なんじゃねぇのか。どうして足を引っ張るんだい」

「馬鹿なことを言わないで。あたしはお嬢さんの足を引っ張ってなんかいないわ。大店のお嬢さんにはそれにふさわしい恰好ってもんがあるんだから」

「だが、若い娘がばあさんのきものを着たがるからには、それなりの理由があるはずだろう。頭ごなしに文句を言ってもはじまるめぇ」

「お嬢さんは御新造さんに当てつけているだけよ。そのせいで母子の仲がますますこじれて、挙句、縁談まで壊れたらどうするの」

「そりゃどういうことだい」

仕方なく、かつての嫁と姑のいざこざも伝えたところ、さもわかったような顔つきで「なるほどな」とうなずかれた。

「そういうことなら、ばあさんのきものを着たがるのも無理ねぇと思うが」

「どうして」

「そのお嬢さんの周りには、ばあさんの代わりに自分の話を聞いてくれる人が誰もいないってことさ」

ごく何気ない口ぶりだったが、聞いた瞬間、ひやりとした。

お玉はわかってくれる人がいないから、祖母のきものを着ているというのか。以前はともかく、今は自分がいる。それでも、亡き祖母のきものを着たくなるほど、お玉は孤独だというのだろうか。

「……何もわかっていないくせに、勝手なことを言わないでよ」

ぐっと奥歯を嚙み締めてから地を這《は》うような声を出す。隣りでお糸が困っているのはわかっていても、睨みつけずにいられなかった。

「御新造さんはともかく、あたしはお嬢さんのことをよくわかっているわ。だって、あたしとお嬢さんには特別な縁があるんだもの」

勢い大きな声を上げたら、余一が眉間を狭くする。

「なら、どうしてここに来たんだい」

「えっ」

「本人の気持ちがわかるなら、その通りにさせてやればいいだろう。お嬢さんのためと言いながら、あんたは自分の考えを押し付けているだけだ。おれにはそう見えてならないがね」

突き放すような口調で言われ、不意に周りが歪んで見えた。傍目にも危うく見えたのか、「大丈夫？」とお糸に聞かれる。

ちっとも大丈夫なんかじゃない。こんな男、大っ嫌いだ。そう言って怒鳴りたかったけれど、あいにく声が出て来ない。

そこで、大きく息を吸って、かすれる声を絞り出した。

「あんたなんかに相談するんじゃなかったわ」

そのままくるりと背を向けると、慌てるお糸を置き去りにしておみつは櫓長屋を飛び出した。

六

桐屋に戻ると、お玉の部屋は無人だった。代わりに別の座敷から雅《みやび》な琴の音が聞こえてくる。

そういえば、今日はお琴のお師匠さんが来る日だったと思い出し、おみつはほっと息をついた。

果たして、うちのお嬢さんはどんなきものを着て稽古《けいこ》を受けているのだろう。近頃気に入りの御納戸色の紬は衣紋《えもん》竹にかけられている。振袖は無理でも、せめて娘らしい恰好をしていて欲しいものだ。

ささやかな願いを胸に抱き、おみつは鴨居にぶらさがった衣紋竹のきものを見た。

――このきものはお気に入りだったんだけど、あたしのせいで着られなくなってしまったのよ。

そう語ったとき、お玉はうれしそうにしていたが、このきもののせいで迷子になりかけたのではないか。わざわざ縁起の悪いきものを引っ張り出す気持ちがわからない。亡くなった人を懐かしむなら、似合わないきものを着なくても他に手立てはあるはずだ。

何より、おばあ様が亡くなってからもう八年も経《た》っている。お玉は今年十七になり、年の暮れには嫁に行く。もはや祖母を恋しがるような年ではないだろう。

こんなものが残っているから、お玉が変な気を起こすのだ。新しいものならともかく、さんざん着古したきものなどさっさと捨てればよかったのに。奥歯をきりりと噛み締めたとき、余一の声がよみがえった。

——だからさ、振袖しかねぇのならそいつを着るっきゃねぇだろうが、他にもきものがあるんなら何を着たっていいだろう。

そう、新しい振袖から祖母の古いきものまで、お玉のきものはたくさんある。この御納戸色のきものが駄目になったところで、別に困る訳ではない。いっそ着られなくなってしまえば、お玉もきっと諦《あきら》める……。

突如、浮かんだ考えにおみつは我ながらぎょっとした。

お嬢さんが大事にしている形見のきものを着られないようにするなんて、奉公人としてあるまじき振る舞いだ。すぐさま頭を振ってその考えを打ち消したが、一度浮かんだ考えはしっかりこびりついて離れなかった。

奉公人だからこそ、どんな手を用いても主人の間違った振る舞いを正してやるべきではないか。お玉がこの先も祖母のきものを着続けた結果、大隅屋との縁談が壊れたら大変なことになる。

一度ケチがついてしまえば、この先良縁に恵まれるのは難しい。顔を潰《つぶ》された御新造さんだって、いっそうつらく当たるだろう。こんなきものはなくなったほうが、みんなしあわせになれるはずだ。

おばあ様だって、自分のきもののせいで孫が不幸になったら悲しむに違いない。駄目にしてしまっても、きっと許してくれるはずだ。

なに、駄目にするといったって切り刻む必要はない。きものを汚すか、どこかに隠せばいい話だ。

それよりいっそ——片方の袖だけ引きちぎってしまおうか。

野良猫がじゃれついて片袖を引きちぎり、くわえて行ったことにすれば、さすがのお玉も諦めるだろう。

だって、「ない袖は振れない」のだから。

まるで将棋倒しのように後から後から都合のいい言い訳が湧《わ》いてくる。春の風にあおられて、衣紋竹のきものが左右に揺れた。

シャラランン、シャラララン、シャラララン……

時節にふさわしい琴の音は絶えることなく続いている。お玉はたいてい部屋にいるから、手を下すなら今しかない——内なる声に操られ、おみつは衣紋竹からきものを外した。

なまじこんなものがあるから、お玉が大人になれないんだ。何か不安があるのなら、昔の思い出にすがらずに、相談してくれればよかったのに。

お玉が頼りにしてくれるなら、あたしはどんなことでもする。

おみつは両手できものの肩と袖を掴み、力任せに左右に引いた。

ビリリリィッ。

少し糸が弱っていたのか、あっさり左の袖が取れる。幼いお玉はこの袖を握って祖母について行ったのだろうか。

そう思った刹那。

「おみつ、帰っていたの」

背後から聞こえた主人の声に心《しん》の臓《ぞう》が止まりかけた。

琴の音は今も聞こえているのに、どうしてお玉がここにいるのか。声を出すことも振り返ることもできないまま、右手の中の片袖を力任せに握りしめる。

「おみつ、どうしたの」

返事をしないので、様子が変だと気付いたらしい。怪訝《けげん》な声を上げたお玉が近寄って来るのがわかった。

そして、息を呑んだあと。

「おみつ……」

あんまり悲しげに呼ばれたせいで、うっかり振り返って見てしまった。こっちが思っていた声とまるで反対だったから。

てっきり、怒られるとばかり思っていた。「恩知らず」とののしられ、叩かれると思っていた。

ところが、お玉は泣きそうな顔でじっと自分を見つめている。負けず嫌いのお嬢さんがこんな顔をするなんて——言葉もなく見返したとき、前にもこんな顔を見たことがあるとぼんやり思った。

あれはいつだったろう。去年、おととし、いやもっと前だ。記憶の糸をたどっていったら、八年前、橋のたもとで出会ったときに行きついた。

誰も自分のことをかまってくれない。うちの中に居場所がない。小さなお玉がそう訴えたときと同じ顔だと気付いたとたん、後悔の波にさらわれた。

ずっとお嬢さんを守りたいと思っていた。救ってもらった恩返しをしたいと心の底から思っていたのに、あたしがお嬢さんを傷つけた……。

犯した罪の重さに気付き、おみつは下駄も履かずに駆け出した。

「おみつっ」

背後から呼び止める声が聞こえたけれど、足を止めようとは思わなかった。居場所をくれた恩人を裏切ってしまった以上、もう桐屋にはいられない。そのまま走って、走って――また、柳原の土手に来た。

どうやら自分は何年たってもとんと成長しないらしい。苦い思いが込み上げて、おみつはその場にしゃがみこむ。

八年前はお玉がいたが、今は誰もいない。これからどうすればいいんだろうと途方に暮れていたときだ。

「おい、具合でも悪いのか」

見上げれば、不審そうな顔つきの嫌な男が立っていた。

七

「ったく、急に泣き出ししやがって。こちとらいい迷惑だ」

舌打ちして言われても、さすがに今回は反論できない。情けないことに余一を見たとたん、おみつは涙が止まらなくなった。

まるで自分が泣かせたような恰好になってしまった男は、盛大に顔をしかめながらも櫓長屋に連れて来てくれた。

「ところで、あんたが握っているのは女物の片袖だろう。おれに見せちゃくれねぇか」

言われて泣きながら渡したら、男は何度もその手触りを確かめる。

「ひょっとして、これがお嬢さんの着ているっていうばあさんのお古かい」

感心したように呟かれ、おみつはうなずく。そして、聞かれぬ先から自分が何をやったのか白状した。

「あ、あたしはただ、お嬢さんにしあわせになって欲しかっただけなのに……お嬢さんはきっとあたしのことを嫌いになったわ。これから、あたしはどうしたらいいの……」

みっともなく洟《はな》をすすっている間も、最後に見たお玉の表情がまぶたの裏から離れなかった。

傷つけたかった訳じゃない。むしろ守りたかったんだと言ったところで、お玉は信じてくれないだろう。そう思ったら、後から後から涙が湧いて止めたくても止まらない。そのうち自分を責め疲れ、怒りの矛先は隣りにいる男に向かった。

たとえ通りすがりでも、こういうときはとりあえず慰めの言葉をかけるものだ。ところが、余一ときたら「それはばあさんのお古か」と聞いたきり、うんともすんとも言いやしない。こんな気の利かない男に惚れるなんて、お糸はまったくどうかしている。筋違いのことを思いながら、顔を上げて見たところ。

「……何してんの」

　低い声で尋ねたのは、余一がひどくうれしそうに片袖を撫でていたからだ。

「うまい具合に着慣れた結城《ゆうき》はなかなかお目にかかれねぇからな。この肌触りを覚えておこうと思ったのさ」

　相手の返事にぞっとして、おみつは袖を奪い取る。

「気味の悪いことをしないでよ」

　お玉のきものの肌触りなんて覚えられてたまるものか。腫《は》れたまぶたで睨みつけると、余一の眉が跳ね上がった。

「結城紬は何度も洗い張りを繰り返すことで、よりしなやかに、身体に添うようになる。だが、長く着ていれば、どうしても生地が傷《いた》んじまう。しっくりくるようになったときには、裾《すそ》や袖口が擦り切れちまって着られねぇことが多いんだ。そのばあさんはよほど上手に着ていなすったんだろう。袖口だってきれいなもんだ。つくった職人もさぞかし喜んでいるだろうぜ」

　立て板に水の説明におみつはにわかに青くなった。

　では、お玉はその着心地ゆえに祖母のきものに執着していたのか。十七とはいえ、目の肥えている人だからそういうこともあるかもしれない。だとしたら、御新造さんに対する当てつけというのは、的はずれだったことになる。

自分は見当違いの焼きもちをして、きものを着られなくしてしまった。恥ずかしくなって下を向けば、余一がぽつりと付け加える。

「もっとも、若い娘のこった。このきものの着心地に惚れこんで着ていたとは思えねぇが」

納得しかけたところを打ち消され、困惑して男を見る。相手の目はどこか遠いところを見ているようだった。

「見た目にこだわる若い娘が着心地だけできものを選ぶとは思えねぇ。前にも言った通り、たぶん死んだばあさんが恋しかったんだろう。そのお嬢さんには許婚がいると言っていたな。ばあさんの古着を着だしたのは、縁談が決まってからじゃねぇのかい」

言われてみれば、確かに……お玉が祖母のきものを引っ張り出したのは、綾太郎との縁談が決まった後だ。

「大店のお嬢さんなら、いずれ親の決めた男と一緒になる覚悟は決めていたに違いねえ。とはいえ、相手がはっきりすれば、あれこれ思うもんじゃねぇのか」

自分は嫁に行って本当にやっていけるのか。その人と一緒になってしあわせになれるのだろうか。姑とうまくいくだろうか。嫌われたらどうしよう……。

あれこれ不安を吐き出したところで、どうにもならないことはわかっている。それでもやっぱり不安は募る。そこで藁にもすがる気持ちで、お玉は祖母のきものを引っ張り出したのではないか。

訳知り顔の説明にたまらなくなって言い返した。

「だったら、あたしに相談してくれればいいじゃない。おばあ様のきものを着たところで、何の役にも立たないことはわかっていたはずでしょう」

あたしは古着より頼りにならないっていうの——涙声で続けたら、呆《あき》れたような顔をされた。

「おめぇときたら『大店のお嬢さんはこういうもんだ』と最初《はな》から決めてかかっていたじゃねぇか。嫁に行くのが怖い、うまくいくか心配だと泣き言をこぼしたところで、返ってくる答えは決まっているだろう」

すかさず言い返されてしまい、「それは……」と口ごもる。

確かにそんなことを言われたら、「大丈夫です」とか「何とかなります」と繰り返したに違いない。嫁に行ったこともないくせに、安請け合いをしたはずだ。

「おめぇが心底お嬢さんを思っていることはおれにだってわかる。だが、泣き言ってのは、同じような立場じゃねぇとなかなか言えないもんだろう。おめぇが一生懸命仕えようとすればするほど、二人の立場は違ってくる。むこうにしてみりゃ、かえって言いにくかっただろうぜ」

　では、恩を返そうというこちらの思いがお玉を遠ざけてしまったのか。出会ったときのように姉さんぶった口を利いたら、悩みを打ち明けてくれたのだろうか。無言で落ち込んでいると、袖を握った手を軽く叩かれた。

「そんなに気にやまなくたって、この袖を縫い付ければきものは元に戻る。お嬢さんも許してくれるさ」

　励ますように言われたが、おみつは首を左右に振る。

「駄目よ。だって、あたしはお嬢さんを裏切ったもの」

「だが、それはお嬢さんを思ってしたことだろう」

　相手がそう言い終える前に「違うの」と遮った。

「あたしは……お嬢さんのことを思って袖を引きちぎったんじゃない。いつまでもお嬢さんに思われているお比呂様が妬《ねた》ましくて……そういう思い出の品を持っているお嬢さんがうらやましくて……だから、着られないようにしたかったのよっ」

　思い余って隠してきた本音を白状したら、余一が真顔になるのがわかった。きっととんでもない女だと思ったのだろう。

でも、仕方がない。それが掛け値のないおみつの本心なのだから。

——このきものはお気に入りだったんだけど、あたしのせいで着られなくなってしまったのよ。

——おとっつぁんにこの話を聞いたときから、大きくなったらあたしが着ようってずっと心に決めていたの。

祖母の思い出を語るとき、お玉はいつも楽しそうだった。幼馴染みのお糸だって母の形見のきものを大事にしている。

けれど、自分には——そうやって撫でさすり、自分で着ることのできる形見のきものが一枚もない。母が死んだとき、おみつは六つになったばかりだった。継母は当然のような顔をして母のきものを自分のために仕立て直した。櫛《くし》も簪《かんざし》も鏡台もすべて彼女のものとなった。

それは仕方のないことだと頭ではちゃんとわかっている。お玉のおかげで妾奉公に出なくてすんだ分、自分は運がいいのだと。

それでも、祖母との思い出を語られるたびに、古いきものを誇られるたびに、育ちきらない心の一部が大きな声で文句を言った。

どうして、あたしにはおっかさんの形見がないの。お嬢さんにもお糸ちゃんにも大事な人の形見があるのに、あたしだけないなんてあんまりだ。

その内なる声にあらがえず、御納戸色のきものの袖を無理やり引きちぎってしまった……。

気まずい思いで黙り込んだら、ややあって余一がぼそりと言う。

「形見ってなぁ、絶対ないとまずいのかねぇ」

「どういうこと」

「もし血のつながった誰かの形見がねぇと困るというんなら、おれはどうしたらいいんだろうな。何たって、親の顔どころか、親がどこのどいつかすら知らねぇんだから」

形見なんかある訳がねぇ。表情を変えずに打ち明けられ、おみつは慌てて口を押さえる。そういえば、お糸からそれらしいことを聞いたことがあった。

ここはやはり謝ったほうがいいだろうか。こっちのとまどいを感じたらしく、余一が軽く首を振る。

「そんなにかしこまらねぇでくれ。親の顔は知らないが、代わりに飯を食わせて仕事を仕込んでくれる人はいた。やさしくしてもらったとはお世辞にも言えないが、その人のおかげで人並みになれたのは間違いねぇ。親がいないからかわいそうだと勝手に決めつけられるほうが迷惑だぜ」

そして、「親と縁の薄いおめぇさんならわかるだろう」と続けた。

「肝心なのは、血がつながっているかどうかじゃねぇ。自分に情けをかけてくれる人がいたかどうかだ。その思い出さえあれば、その人のもんなんざ残っていなくてもいいじゃねぇか。第一、おめぇさんには何より大事なお嬢さんがいるんだろう」

出会って初めて、余一の語る言葉が胸の真ん中にすとんと落ちる。

確かにそうだ。形見のきものがあるよりも、今大事な人のそばにいられるほうがずっとずっといいではないか。

「それに誰のきものかなんて、実はたいして意味がねぇのさ。おめぇさんが着ている絣《かすり》は古着屋で買ったもんだろう」

「え、ええ」

「つまり、もともとはおめぇさんのきものじゃねぇ。それこそ誰かの形見かもしれねぇが、売り飛ばした奴にとっちゃ、ただの古着にすぎなかったんだろう」

古着と形見――他人の目にはくたびれたきものに過ぎなくても、着ていた人への思い次第でかけがえのないものになる。金さえ払えば手に入れられる新しいきものと違い、大事な人の形見ばかりはどこにも売っていないからだ。

それに、きものは手入れ次第で人よりよほど長生きをする。身に着ける主が変わることでその意味合いも変わっていく。

「きものってなぁ人の思いの憑代《よりしろ》だ。だからこそ、ただの古着でもあだやおろそかにしちゃいけねぇのさ。見た目は安いぼろだとしても、人によってはこの世に二つとねぇ大事なものかもしれねぇからな。おれはそう思って古着の始末をしているんだ」

そう言われたとき、おみつはようやく余一の本当の姿を見た気がした。

この人はきものの始末をすることで人の思いを繕《つくろ》っているのだ。そういう縁に恵まれなかった分、精一杯思いを込めて。

なのに、あたしは見下すようなことばかり言ってしまった。しみじみ情けなくなって、またも涙がこみ上げて来る。

いつか、ちゃんとした大人になれたら――相手の気持ちがわかり、助けられるような人になれたら、こんな安い絣でも大事な形見と思ってもらえるかしら。お嬢さんが大事にしているおばあ様のきもののように。

とぎれとぎれに口にしたら、余一がえらそうに腕を組む。

「何言ってやがる。今、おめぇさんが死んじまったら、お嬢さんはその絣を毎日着ているこったろうぜ」

「……そう思う？」

「ああ」

強い口調で断言されて、安堵《あんど》のあまり力が抜けた。この人がそう言うのなら、きっとお嬢さんも許してくれるに違いない。だって、余一は人の思いを誰より感じられる人なのだから。

気が緩んだはずみに握った袖で涙をふきかけ、おみつは慌てて手を止めた。それがおかしかったのか、余一がかすかに笑みを浮かべる。

「もし、うまく縫えなかったら持って来な。おれが始末してやるよ」

その顔がどことなくお玉に似ていると思った刹那、お糸の言葉が浮かんで来た。

──好きな人ができたら、おみつちゃんにもわかるわよ。

藪《やぶ》から棒に出て来た台詞を冗談じゃないと急いで打ち消す。まさか、そんなことはない。相手はお糸の思い人だ。

「どうした」

不思議そうな男の声が今までになくやさしく響く。おみつはことさらぶっきらぼうに「何でもない」と返事をした。

付録　主な着物柄

格子柄

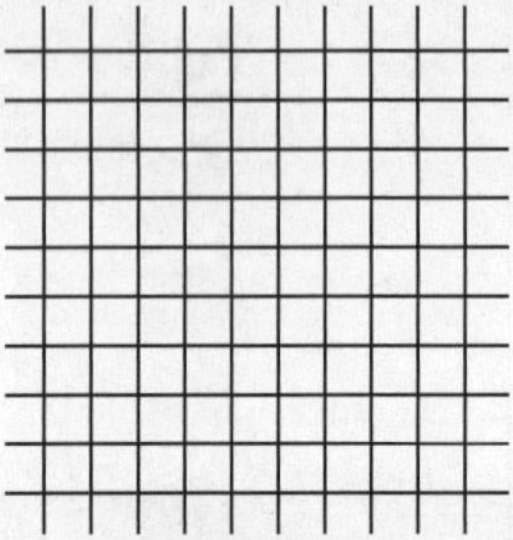

縦縞と横縞を直角に組み合わせ、四角い升目が連続する模様。格子は細い角材を縦横に間を空けて組んだ、窓や戸に付ける建具のこと。

井桁柄

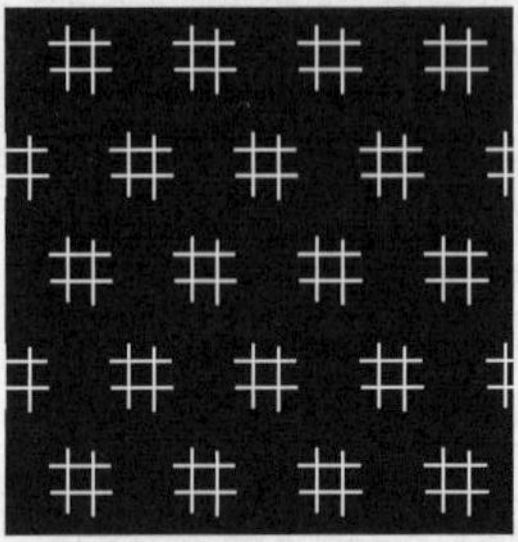

井桁とは、井戸の上部の縁を「井」の字の形に四角に組んだ構造物のこと。

鹿《か》の子《こ》絞り

丸や二重丸、または「回」の字のような形の白い斑《まだら》をいくつも散らし、または並べて染めた絞り染めの模様。斑を子鹿の背中にあらわれる斑紋に見立てたもののこと。

熨《の》斗《し》模様

熨斗模様は、お祝い事の贈り物につける熨斗を細長い帯状に文様化したもの。熨斗の中には、小さい模様が描かれ、これらを数本束ねたものを束ね熨斗文という。吉祥文様なので、留袖や振袖、訪問着などの模様に多く用いられる。

市松模様

二色の正方形を、互い違いに並べた幾何学模様。「市松」の名は江戸時代、一七四一年（寛保《かんぽう》元）江戸中村座の歌舞伎役者・初代佐野川市松（一七二二〜一七六二）がこの文様の袴《はかま》を用いたことに起こる。

毛《け》万《まん》二ツ割

髪の毛を二つに割ったくらい細い筋模様なので、毛万筋二ツ割とも呼ばれる。

宝尽くし

宝尽くしは、打出の小槌《こづち》をはじめとして、銭を入れる袋「金嚢《きんのう》」、願いのかなう宝のたま「如意宝珠」、宝剣・宝輪などおめでたいとされる宝物をちりばめた文様。吉祥文様や名物裂《ぎれ》として有名。華やかでおめでたい文様であることからご祝儀の着物や帯、小物などにも用いられる。

滝縞《たきじま》柄

太い筋から次第に細い筋になっている、平行縞の繰り返しの模様。

七宝柄《しっぽう》

七宝は、ひとつの輪の四隅に四つの輪を重ねた文様で輪違い紋とも呼ばれる。また数多く連続して繋《つな》げたものを七宝繋ぎ紋という。

三筋格子《みすじごうし》

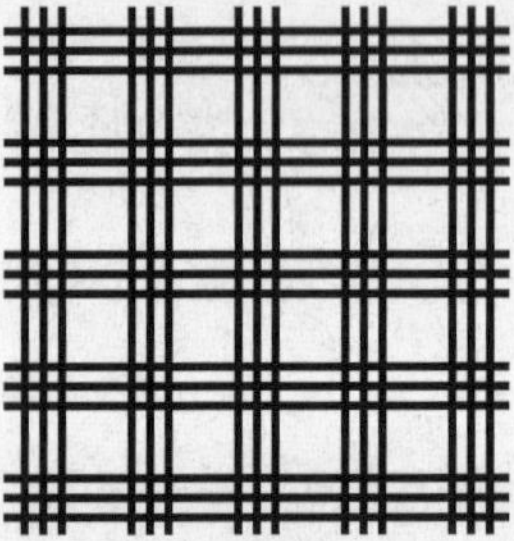

同じ太さの筋が三本一組で縦横に並べられた格子縞のこと。

麻の葉柄

六角形の連続模様。麻は茎が丈夫でまっすぐ伸びることから、新生児の成長を願って、産着の模様に用いられる。

参考文献

日本ビジュアル生活史　江戸のきものと衣生活（丸山伸彦編著・小学館）
女藝者の時代（岸井良衞著・青蛙房）
色の名前で読み解く日本史（中江克己著・青春出版社）
江戸奉公人の心得帖　呉服商白木屋の日常（油井宏子著・新潮新書）
幸田文の箪笥の引き出し（青木玉著・新潮文庫）
着物あとさき（青木玉著・新潮文庫）

本書は時代小説文庫（ハルキ文庫）の書き下ろし作品です。

時代小説文庫
な 10-1

しのぶ梅《うめ》 着物始末暦《きものしまつごよみ》

著者 中島《なかじま》 要《かなめ》

2012年11月18日第一刷発行
2014年 8月28日第八刷発行

発行者 角川春樹

発行所 株式会社 角川春樹事務所
〒102-0074 東京都千代田区九段南2-1-30 イタリア文化会館

電話 03(3263)5247[編集] 03(3263)5881[営業]

印刷・製本 中央精版印刷株式会社

フォーマット・デザイン&シンボルマーク 芦澤泰偉

ISBN978-4-7584-3702-8 C0193

http://www.kadokawaharuki.co.jp/[営業]
fanmail@kadokawaharuki.co.jp[編集] ご意見・ご感想をお寄せください。